PROCÈS

DU

FILS DE L'HOMME,

AVEC LA DÉFENSE

EN VERS

PRONONCÉE A L'AUDIENCE DU 29 JUILLET 1829

PAR

BARTHÉLEMY.

PARIS.

A.-J. DENAIN, LIBRAIRE,

RUE VIVIENNE, N. 16.

1829.

IMPRIMERIE DE DAVID, BOULEVART POISSONNIÈRE, N. 6.

PROCÈS

DU

FILS DE L'HOMME.

AVIS AU LECTEUR.

Dans l'intérêt de mon Editeur, et pour prévenir les fraudes des contrefacteurs, je déclare que je n'avoue, comme rapportant textuellement mon plaidoyer, que les exemplaires de cet ouvrage qui seront revêtus de ma signature.

PROCÈS

DU

FILS DE L'HOMME,

AVEC LA DÉFENSE

EN VERS

PRONONCÉE A L'AUDIENCE DU 29 JUILLET 1829

PAR

BARTHÉLEMY.

PARIS.
A.-J. DENAIN, LIBRAIRE,
RUE VIVIENNE, N. 16.

1829.

Imprimerie de David,
BOULEVART POISSONNIÈRE, N° 6.

PROCÈS

DU

FILS DE L'HOMME.

Une affluence considérable se pressait de bonne heure dans l'enceinte étroite du tribunal de police correctionnelle. Le désir de voir un des jeunes poètes qui ont, de nos jours, manié avec tant de courage et de talent le fouet de la satyre politique ; le bruit répandu à l'avance d'un plaidoyer en vers que devait prononcer M. Barthélemy; la présence à la barre des avocats distingués qui devaient combattre la prévention : tout expliquait l'empressement public. Parmi les personnes de distinction qui étaient parvenues à pénétrer dans l'enceinte, on remarquait MM. le général Gourgaud, de Schonen, Victor Hugo, etc.

A midi, la cause du *Fils de l'Homme* a été appelée Le tribunal se compose de M. Meslin, président; de

MM. Phelipes de la Marnière, Colette de Beaudicourt, Mathias et Try; M. Menjaud de Dammartin siége au banc du ministère public. Les prévenus sont : M. Barthélemy, l'un des auteurs du *Fils de l'Homme*; M. David, imprimeur de la brochure, et MM. Dénain et Levavasseur, libraires distributeurs.

Après les questions d'usage adressées à chacun des prévenus, et en particulier à M. Barthélemy qui, en reconnaissant l'ouvrage qu'il a publié, s'empresse de méconnaître les contrefaçons qu'une ignoble cupidité en a faites, la parole est donnée à l'organe du ministère public, pour établir la prévention.

M. l'avocat du Roi, Menjaud de Dammartin, s'exprime ainsi :

« L'aspect offert à vos regards par le banc des prévenus, dans plusieurs des derniers procès intentés à l'occasion de délits de la presse, était de nature à confirmer la proposition récemment émise, et publiée par un écrivain qu'on n'accusera pas pourtant de s'ériger en détracteur de la jeunesse; savoir : que cet âge, trop naturellement accessible aux séductions secrètes de la vanité, est surtout de nos jours entraîné par instinct à se précipiter en aveugle vers les occasions les plus hasardeuses d'acquérir quelque renommée. « Combien effectivement, allait jusqu'à proclamer cet écrivain, qui, obscurs » à vingt ans, croiraient ne pas acheter trop cher, au prix » de quelques mois de prison, le plaisir d'entendre leur nom » répété par la foule !... » Triste et précaire célébrité pourtant, quand on la juge sainement, que celle dont les échos de ce prétoire sont les ingrats dispensateurs!... Illusoire et vaine renommée que celle dont la durée éphémère ne se prolonge pas même toujours autant que le cours de la peine à subir, et dont la recherche décevante devrait bien être dédaignée par une jeunesse faite assurément pour élever plus haut ses pensées qu'à ce tapage d'un moment, par une jeunesse faite pour comprendre et accueillir, de la bouche même d'un magistrat qui n'est pas encore étranger à ses rangs, que les seules voies de la renommée qui soient dignes d'elle nes auraient être en dehors de la ligne du devoir et du respect pour les lois; que c'est chose bien vide, après tout, pour l'homme fait et le citoyen, que cette réputation péniblement acquise de pamphlétaire en crédit ou d'oracle de sédition, et que les travaux consacrés, durant une carrière orageuse, à obtenir cette sorte de succès, ne produisent, en définitive, que des fruits amers pour tout le reste de la vie!...

» Ces observations, au surplus, trouveraient-elles une application immédiate et nouvelle dans la cause actuelle? Serait-ce encore par cette manie impatiente et aveugle de courir après un vain bruit, qu'aurait été enfantée, que devrait s'expliquer la production dont un austère devoir nous oblige à traduire aujourd'hui devant vous l'auteur? Serait-ce un de ces mendians faméliques de renommée, un de ces solliciteurs de saisies, quelquefois invoquées au secours de spéculations désespérées, que vous devriez voir dans la personne de l'écrivain maintenant assis sur ces bancs?

» Non, Messieurs, hâtons-nous de le dire; car, dût-elle lui fermer tout accès à votre indulgence, il lui tarde, sans doute, d'obtenir que nous lui rendions du moins cette justice... Non! ce genre d'excuse ne saurait appartenir à M. Barthélemy, et manquera, dans la cause, comme moyen d'expliquer la publication de l'ouvrage incriminé!

» Poète, jeune à la vérité, mais non pas assurément obscur,

auteur spirituel au contraire, déjà établi en possession de la faveur du public par des écrits où se remarquent une verve brillante et une heureuse facilité, il n'était pas apparemment réduit à descendre à cette ressource misérable d'un procès en police correctionnelle, pour réchauffer l'intérêt et recruter des lecteurs.

» Esprit observateur, il ne saurait pourtant non plus être actuellement à s'apercevoir du vide de doléances et de déclamations qui, pour être encore demeurées, peut-être, susceptibles de se revêtir de couleurs poétiques ou oratoires sous une plume exercée, ne trouvent plus, toutefois, au milieu de la génération qui s'élève, de sympathie qui leur réponde.

» C'est cependant, Messieurs, dans de telles circonstances, sous la prévention compliquée : 1° d'attaques contre la dynastie royale ; 2° d'attaques contre les droits que le Roi tient de sa naissance ; 3° de provocation à changer le gouvernement, que la chambre des mises en accusation renvoie devant vous le sieur Barthélemy, comme auteur de l'ouvrage intitulé *le Fils de l'Homme*, ouvrage que l'arrêt qualifie de « très-répréhensible dans son esprit, et où se trouvent à-la-fois, » continue l'arrêt, avec le caractère précis des délits ci-dessus » spécifiés, l'expression continuelle des plus vifs regrets pour » Bonaparte et son fils, mêlée à des efforts ayant pour objet » de déverser le ridicule sur l'auguste dynastie qui nous » gouverne. »

» Comment donc est-il possible, se demandera-t-on, d'imaginer chez l'auteur le besoin de s'emporter à de tels et si étranges écarts ? Quelle pensée, quel but, quels coupables désirs pourront expliquer, de sa part, ces aberrations ?

» Il n'est point de notre devoir, Messieurs, il ne nous appartient pas de dévoiler toujours à vos yeux ce secret mobile :

une semblable tâche serait souvent impossible à remplir. La conscience de l'écrivain peut se soustraire à nos investigations ! C'est l'ouvrage avant tout que nous avons à apprécier, c'est sur l'ouvrage que doivent s'exercer nos explorations, ce sont ses pages qu'il faut parcourir, ses expressions qu'il faut peser ! Et si, après les avoir méditées, vous les trouvez condamnables, il vous en faudra bien, assurément, punir l'auteur........... Dussiez-vous renoncer à pénétrer absolument, à définir nettement, soit l'espoir, soit l'intérêt secret sous l'inspiration desquels il a pris la plume........

» Nous lisons d'abord le titre de l'ouvrage : qu'y voyons-nous : LE FILS DE L'HOMME ! de quel homme ? Sans doute de cet homme dont des agitateurs s'efforcent sans cesse d'évoquer le fantôme. Pour qu'il n'y ait pas d'incertitude, l'auteur ajoute un second titre : ou *Souvenirs de Vienne*. Vous le voyez, souvenirs de Vienne, de la résidence habituelle du duc de Reichstadt. Vous appréciez déjà, Messieurs, dans quel esprit est conçu ce livre, et ce que promet ce double titre.

» Vous lisez ensuite une épigraphe significative, choisie et recueillie par la plus tendre sollicitude. Elle vous fera apprécier à l'avance la direction d'esprit qui va dominer tout l'ouvrage :

» Quid puer Ascanius ? superat ne et vescitur aura.

» Sollicitude bien tendre assurément, et qui nous dirige dans la voie où va bientôt se précipiter l'auteur ! Nous devons, toutefois, avant de parcourir les passages incriminés, vous signaler le plan tracé par l'auteur lui-même dans la préface. Elle commence ainsi :

« Après la publication de notre dernier poëme : *Napoléon en*

» *Egypte*, nous crûmes devoir en faire hommage aux membres dis-
» persés de la famille impériale... Nous ne craignons pas de l'a-
» vouer, des suffrages augustes récompensèrent notre bon sou-
» venir... Nous conçûmes alors le désir de tenter une nouvelle
» dédicace auprès d'un prince que des affections plus intimes
» attachent plus particulièrement à notre héros... Tandis que l'un
» de nous allait sur le sol natal rétablir une santé usée par les
» veilles, l'autre quittait Paris pour se rendre à Vienne, dans l'es-
» poir de parvenir jusqu'au jeune duc de Reichstadt et de lui
» offrir un exemplaire de *Napoléon en Egypte*... C'est le récit de ce
» voyage, ou plutôt l'histoire de nos impressions, que nous don-
» nons aujourd'hui au public... »

» Voilà, Messieurs, reprend M. l'avocat du Roi, le plan du poète. Son œuvre principale est ensuite précédée d'une profession de foi : on en conçoit la nécessité dans une pareille publication.

Heureux d'avoir inscrit les chants d'une épopée
Sur la colonne antique où repose Pompée,
J'ai voulu répéter aux oreilles d'un fils
La gloire paternelle aux plaines de Memphis !
O ! vous qui, ralliés autour du blanc panache,
Avez toujours suivi la bannière sans tache,
Serviteurs éprouvés du trône et de l'autel
Sur la terre d'exil, non moins qu'au Carrousel,
Dans nos cœurs moins parfaits souffrez quelque faiblesse ;
Moins purs que vous, moins pleins de vie et de jeunesse,
De nos vieilles erreurs conservant le levain...

» De nos vieilles erreurs ! dit en s'interrompant le Ministère public ; l'auteur a à peine trente-quatre ans !

Nous contemplons parfois un simulacre vain.

Vous ne l'ignorez pas, un coupable délire
Accueillit en naissant l'héritier de l'empire;
Idole quand la France adorait de faux dieux,
Nous lui gardons encore un souvenir pieux.

» Vous l'entendez, Messieurs; les termes sont clairs, et nous ne savons pas quel palliatif pourra jamais déguiser la pensée de l'auteur? Puis, suit immédiatement ce passage :

Charles, qui le premier a droit à notre hommage,
Nous permet d'encenser une innocente image...

» Qui ne verra, dans ces deux vers, un perfide hommage ayant pour objet de présenter le chef de la race des Bourbons comme autorisant sous ses yeux des hommages rendus au fils de l'usurpateur? L'auteur continue :

Instruit par l'infortune, il pardonne à l'erreur
D'une fidélité qui survit au malheur.

» Vous l'entendez, Messieurs, ce ne sont plus de vieilles erreurs, ce sont des souvenirs pieux, c'est pour la fidélité qu'on demande grâce au Chef auguste de la Monarchie française!

Hélas! je pris la vie au milieu d'un orage,
Rien ne me révelait l'histoire de notre âge;
Et la gloire présente, à mes yeux éblouis,
Déroba bien long-tems les fils de Saint-Louis.
Pourtant, j'entrevoyais leur antique effigie
Comme les fictions d'une mithologie.
J'avais lu vaguement dans Monsieur le Ragois
Que la faveur du ciel nous concervait des Rois;

Mais, tout en déplorant leur race dispersée,
J'ignorais les malheurs de leur longue odyssée,
Sur quel sol protecteur, sous quels lointains abris
Respiraient librement ces augustes proscrits,

» Le tribunal aura à chercher quel est l'esprit de ce passage, qui, présentant l'auteur comme voulant s'environner d'une excuse, lui met à la main l'arme de la dérision, quand il s'écrie :

Et la gloire présente, à mes yeux éblouis,
Déroba bien long-temps les fils de Saint-Louis.

» Il est inutile d'insister sur un pareil passage, dont la dérision et l'ironie seront facilement senties par tout le monde. L'auteur complète sa pensée en disant :

Je ne me doutais pas, dans mon adolescence,
Que l'héritier des lis, exilé de Mittau,
Régnait chez les Anglais dans un humble château ;
Et que, depuis vingt ans, sa bonté paternelle
Rédigeait pour son peuple une Charte éternelle.

» Vous voyez là, Messieurs, dans ces deux derniers vers, le correctif obligé, l'adroit palliatif de l'auteur. Mais enfin, va-t-il nous donner cette *profession de foi* promise, qui doit calmer toutes les craintes? Ecoutons-le :

Aujourd'hui même encore, instruit par l'âge mûr,
Dans les doutes nouveaux où mon esprit s'enfonce,
Souvent je m'interroge et reste sans réponse.
Comme un frêle canot qui flotte sur les mers,
Sceptique irrésolu, je m'égare et me perds ;

Mais bientôt revenant à la saine doctrine,
Honteux de mes erreurs, je frappe ma poitrine ;
Vainement la raison combat le droit public,
Elle tombe vaincue aux pieds de Metternich,
Et bien que nourissant un doute involontaire,
De la foi politique adore le mystère ?

» Ainsi, Messieurs, si l'auteur se rend, il se rend contre l'évidence même de la raison, qui doit tomber vaincue aux pieds du ministre d'Autriche. Arrivons au poëme ; nous verrons si M. Barthélemy a tenu ce qu'il promettait. Il se transporte à Vienne, annonce qu'il a vainement essayé à approcher du palais, et que, désespéré de voir ses efforts infructueux, il se rend au théâtre avec la pensée qu'un hasard heureux le favorisera davantage :

Écoutez cependant : la nuit était venue ;
Le peuple, du théâtre inondait l'avenue,
Et moi français obscur, par la foule conduit,
Sur un siége isolé je me jette sans bruit....
.... Dans la loge voisine une porte s'ouvrit,
Et, dans la profondeur de cette enceinte obscure,
Apparut tout à coup une pâle figure :
Étreinte dans ce cadre, au milieu d'un fond noir,
Elle était immobile, et l'on aurait cru voir
Un tableau de Rembrandt chargé de teintes sombres,
Où la blancheur des chairs se détache des ombres.....
C'était lui....
Oui, ce corps, cette tête où la tristesse est peinte,
Du sang qui les forma portent la double empreinte.

» Après ce tableau peint de verve, l'auteur va nous donner le sens de sa pensée :

O chûte désastreuse et sitôt amenée !
C'était hier encor la pompeuse journée
Où le grand-chancelier, au fracas du canon,
Aux fastes de l'empire associait son nom......
...... Hélas ! tout fut détruit : le faible avec le fort.
Dans son mortier de fer, l'inexorable sort,
Sous un marteau d'airain pila, comme du verre,
Et le jouet d'enfant et le char de la guerre.....
...... Eh bien ! long-temps meurtri par ce précoce orage,
Il a crû toutefois en stature, en courage;
Aujourd'hui le plus beau des princes de sa cour,
De la ville étrangère il a conquis l'amour.
Oh! si d'autres destins eussent régi le monde,
S'il sortait du cercueil qui dort au sein de l'onde,
S'il vivait, s'il pouvait, encore à son midi,
Contempler, sous ses yeux, son jeune fils grandi,
Quels baisers sortiraient de ses lèvres de flamme !
Quel océan de joie abreuverait son âme,
Lui qui, sur un roc nu, de douleurs consumé,
Réchauffait de ses pleurs un buste inanimé!...
. . . .
Et des soins vigilans, où la peur se décèle,
De cette âme inflammable éloignent l'étincelle.
Insensés! à quoi bon ces pénibles détours?
Pour soustraire à ses yeux l'histoire de nos jours....
Non, non, il n'est plus temps; vos soins viennent trop tard,
Tout l'instruisit: un signe, un coup d'œil, le hasard...
Il sait donc désormais, il n'a plus à connaître
Ce qu'il est, ce qu'il fut, et ce qu'il pouvait être.
Oh! que tu dois souvent te dire et repasser
Dans quel large avenir tu devais te lancer!

Combien dans ton berceau fut court ton premier rêve !
Doublement protégé par le droit et le glaive,
Des peuples rassurés espoir consolateur,
Petit-fils d'un César et fils d'un Empereur,
Légataire du monde, en naissant roi de Rome,
Tu n'es plus aujourd'hui rien que LE FILS DE L'HOMME !
Pourtant, quel fils de roi contre ce nom obscur
N'échangerait son titre et son sceptre futur ?

» Ainsi, pour résumer tout ce qui, dans le langage de l'auteur, se rattache à la première partie de la prévention, garder encore aujourd'hui, comme il le dit hautement, non pas seulement un souvenir pieux à celui qu'il affecte d'appeller l'ancienne idole de la France, l'héritier de l'empire, mais professer religieusement ses vieilles erreurs... sa vieille idolâtrie ....(vieille idolâtrie du reste tout au plus de parade, et qui chez le poète de 34 ans n'a jamais pu guères être autre chose qu'un éphémère engouement de collége), et s'empresser bientôt d'encenser publiquement l'image de l'usurpateur; prendre, par une dérision amère, le Roi légitime lui-même à témoin de cet hommage audacieux rendu au rejeton du plus grand ennemi de sa dynastie; présenter ce Roi légitime comme réduit à cette condition d'humiliante abnégation, de renoncement misérable, qu'il tolérât, qu'il encourageât en quelque sorte, le tribut offert sous ses yeux au fils de l'usurpateur déchu; garantir au duc de Reichstadt une fidélité qui doit survivre au malheur ; déplorer douloureusement la chûte désastreuse et trop tôt amenée de la race qui avait violemment envahi le trône; l'exposer aux regards, cette race, comme protégée, non-seulement par la force du glaive, mais par le bon droit....; puis, par un contraste qu'on cherche à rendre insultant et dérisoire, opposer au développement majestueux de cette puissance imposante, le règne dont on ne s'était pas douté, le règne incognito, le règne inaperçu de l'héritier des lis, Roi chez l'étranger seul, Roi d'un humble château, monarque in partibus; conclure enfin de cet insidieux rapprochement, dans un écrit voué manifestement à rehausser la gloire de la race usurpatrice et à dénigrer avec affectation la dynastie légitime, par cette confession, qu'aujourd'hui même, instruit par l'âge mûr et restant néanmoins assiégé de doutes impérissables, plongé dans une incertitude éternelle, on ne parvient enfin à s'incliner devant le droit de nos princes augustes que par le sacrifice et l'abnégation des lumières de la raison qui le combattraient, et par la foi, en un mot, foi encore imparfaite, foi encore insuffisante pour triompher de doutes sans cesse renaissans; n'est-ce pas attaquer évidemment, n'est-ce pas contester ouvertement les droits que le Roi tient de sa naissance, et par conséquent compromettre, autant qu'il est en soi, jusqu'à la dignité royale elle-même?...

» La suite du poëme va malheureusement manifester au grand jour les intentions de l'auteur. Il s'est complu, selon que le proclame l'arrêt de renvoi, à provoquer hautement au crime, à appeler au sein du pays de nouvelles commotions, à invoquer, en un mot, le changement du gouvernement. Tel est, en effet, le second grief dont la preuve ne nous sera que trop facile.

Mais quoi! content d'un nom qui vaut un diadême,
Ne veux-tu rien un jour conquérir par toi-même?
Fils de Napoléon, petit-fils de François,
Entre deux avenirs il faudra faire un choix...
Puisses-tu, dominé par le sang de ta mère,
Bannir de ta pensée une vaine chimère

Et de l'ambition éteindre le flambeau!
Le destin qui te reste est encore assez beau :
Les rois ont grandement consolé ton jeune âge;
Le duché de Reichstadt est un riche apanage,
Et tu pourras un jour, colonel allemand,
Conduire à la parade un noble régiment.

Vous le voyez, Messieurs. Rien de plus clair. La pensée de l'auteur est ici toute entière. C'est l'arme de l'ironie qu'il emploie pour faire sentir au duc de Reichstadt, au *Fils de l'Homme*, ce que sa position a d'humiliant, en comparant le le passé au présent et à l'avenir. Les correctifs sont familiers à l'auteur; il a plus d'un talent, et l'on ne peut lui refuser celui des palliatifs. Aussi le passage que nous venons de citer est aussitôt suivi de celui que nous allons vous lire :

Qu'à ce but désormais ton jeune cœur aspire;
Borne là tes désirs, ta gloire, ton empire;
Des règnes imprévus ne gardons plus l'espoir;
Ce qu'on vit une fois ne doit plus se revoir :
Tout dort autour de nous; sur le flot populaire
Les Rois ont étendu leur trident tutélaire.
Dans un ciel calme et pur luit un nouveau soleil;
Les potentats du Nord, réunis en conseil,
D'une éternelle paix gratifiant l'Europe,
Au futur genre humain ont lu son horoscope;
Et sans doute le ciel, dans ses livres secrets,
De Vienne et de Leybach a transcrit les arrêts :
Car si la politique, en changemens féconde,
Une dernière fois bouleversant le monde,
Sous des prétextes vains divisait sans retour
L'irascible amitié de l'une et l'autre cour;
Si, le fer à la main, vingt nations entières,
Paraissant tout-à-coup autour de nos frontières,

Réveillaient le tocsin des suprêmes dangers ;
Surtout si, dans les rangs des soldats étrangers,
L'homme au pâle visage, effrayant météore,
Venait en agitant un lambeau........

« Ce vers reste suspendu, dit M. l'avocat du Roi ; mais il n'est pas, certes, difficile de le compléter. Continuons :

Si sa voix résonnait à l'autre bord du Rhin...
Comme dans Josaphat la trompette d'airain,
La trompette puissante aux siècles annoncée,
Suscitera les morts dans leur couche glacée ;
Qui sait si cette voix, fertile en mille échos,
D'un peuple de soldats n'éveillerait les os ?
Si d'un père exilé renouvelant l'histoire,
Domptant des ennemis complices de sa gloire,
L'usurpateur nouveau, de bras en bras porté,
N'entrerait pas en Roi dans la grande cité ?
Tels, aux bruyans accords des cris et des fanfares,
Les princes chevelus, dans les Gaules barbares,
Paraissaient au milieu des Francs et des Germains,
Montés sur des pavois soutenus par leurs mains !

Après avoir lu ces beaux vers avec un rare talent de déclamation, qui semble en quelque sorte leur ajouter un nouvel éclat, même dans la bouche du ministère public, M. l'avocat du Roi continue:

« Vous venez d'entendre, Messieurs, les vers que nous vous avons cités ; maintenant, que nous reste-t-il à dire ?...

» Jamais argumentation, jamai scommentaire, jamais analyse méthodique pourra-t-elle avoir, dans notre bouche, la force irrésistible que puise la prévention dans ces seules, mais accablantes citations?... Entendez donc de nouveau..... Ecoutez encore, dirons-nous aux hommes les plus rebelles à la conviction, les plus prévenus contre nos poursuites. »

M. l'avocat du Roi, après une seconde lecture des vers les plus saillans que nous venons de citer, continue en ces termes :

« Décidez, Messieurs, si jamais invocations à un usurpateur, appel à l'invasion du pays par les cohortes étrangères, au renversement du trône légitime, furent sous la plume d'un écrivain exercé plus explicites et moins déguisées!....

» Comprend-t-on, Messieurs, en présence de pareils textes, la confiance affectée avec laquelle l'auteur, s'expliquant précisément sur ces derniers passages, par une note à la vérité reléguée à la fin de la brochure, et supprimée même dans plusieurs éditions, avance que la *malveillance la plus réfléchie* pourrait seule donner à ces vers une défavorable interprétation..... La malveillance la plus réfléchie....! Ah! sans doute, il ne prévoyait pas, le sieur Barthélemy, lorsque, concédant à la timidité de l'imprimeur David cet insignifiant palliatif, il écrivait ce qu'on vient de lire, que ce serait d'abord à la Cour royale de Paris que s'adresserait son imputation!

» Bien loin d'entendre exprimer des désirs coupables, dit-« il, je n'ai pensé au contraire qu'à manifester des appréhen-« sions, sans doute mal fondées et reconnues même absolu-« ment chimériques. » Vous n'avez pensé qu'à exprimer, en bon citoyen, des sollicitudes, des appréhensions inspirées par le zèle!.... Mais quel moyen de concilier avec cette ferveur généreuse et loyale la réticence calculée, la prétérition jugée prudente sur la couleur du drapeau?....

« Si l'apparition du duc de Reichstadt, continue-t-il, pou-
« vait être un péril aux premiers jours de la restauration,
« encore chancelante, elle ne saurait être aujourd'hui, ni pour
« le pays un sujet d'alarmes, ni pour la dynastie légitime elle-
« même une occasion de dangers. » Oui, sans doute, dirons-nous aussi, elle est inébranlable en dépit des fauteurs de séditions, s'il en existait encore, cette auguste dynastie qui nous apparaît appuyée sur ses bienfaits, fortifiée par le culte que lui rendent ces libertés mêmes dont elle nous a dotés, environnée par l'amour des sujets, gardée par la fidélité d'une armée non moins dévouée que brave, d'une armée à l'honneur de laquelle l'écrivain n'a pas craint pourtant d'adresser en même temps l'*insolent* outrage de la présenter comme prête à recevoir ignominieusement la loi, le joug, les couleurs, et jusqu'au chef usurpateur imposés au gré des cohortes étrangères.... Elle est à coup sûr inaccessible, cette dynastie, disons-nous, aux attaques d'un agitateur coupable et désavoué!...

» Mais l'action de la vindicité, mais la sévérité des tribunaux, ont à s'exercer contre les perturbateurs, alors même que leurs tentatives criminelles n'ont heureusement produit dans l'état aucune commotion. Quand la magistrature, en effet, déploie une *rigueur salutaire* pour venger, soit les injures de la religion, soit les offenses faites au prince, ce n'est pas avec la prétention présomptueuse de protéger la religion et le trône, placés trop haut évidemment pour être mis en péril par de vaines clameurs; mais c'est parce que l'impuissance de l'outrage n'en saurait constituer l'excuse, et que la société tout entière doit obtenir réparation pour l'injure qu'on lui fait en s'attaquant à ses plus fermes appuis.

» Nous donnerons, Messieurs, en peu de mots, les explications que vous attendez de nous en ce qui concerne l'imprimeur et les libraires. M. David est assis à côté de M. Barthélemy, prévenu de complicité des délits qui sont reprochés à ce dernier. Quels motifs doivent vous faire reconnaître que cette complicité existe? Ces motifs sont pressans, ils sont d'une évidence palpable. L'imprimeur devait être suffisamment averti par le titre de l'ouvrage; disons mieux, par les titres de l'ouvrage, reproduits avec profusion, par l'épigraphe significative qui le précède, par les invocations réitérées au duc de Reichstadt qu'il contient; enfin, il a lu l'ouvrage : il en convient; il ne va pas jusqu'à reconnaître qu'il l'a lu sur le manuscrit, mais il confesse en avoir lu les épreuves par morceaux détachés.

» En cet état de choses, qu'avons-nous à dire? C'est que M. David a connu la publication; c'est qu'il a accepté la solidarité. Évidemment, votre décision, si elle est contraire à l'auteur, devra être également contraire à l'imprimeur. Il ne peut échapper à cette évidence.

» Quant aux deux libraires, auteurs principaux de la publication, examinons séparément ce qui appartient à chacun d'eux.

» M. Dénain vous est signalé comme ayant été directement chargé par l'auteur de favoriser l'écoulement et la vente de la brochure. Il vient déclarer que, le premier jour où l'ouvrage a paru, et avant que les exemplaires fussent complètement brochés, il s'en est fait remettre 1,080 exemplaires. Ainsi donc, la majeure partie de l'édition devait appartenir à M. Dénain. L'ouvrage paraît le 5 juin. Le lendemain 6, le commissaire de police se présente chez M. Dénain. Il ne se trouve plus un seul de ces 1,080 exemplaires. Les avait-il tous vendus, ainsi qu'il cherche à vous le persuader ? Il est impossible de le croire, lorsqu'on sait que l'autre libraire, qui n'avait reçu que 25 ou 30 exemplaires de la même brochure, en a représenté la presque totalité.

» M. Dénain n'a donc pas été sincère quand il s'est présenté comme ayant vendu la totalité des exemplaires par lui reçus. Il résulte donc de la position dans laquelle il s'est placé, que, chargé par l'auteur de diriger l'écoulement et la vente de l'ouvrage, il l'a fait sciemment, il a sciemment dissimulé aux regards de la justice ce qu'il savait être coupable.

» Quant au libraire Levavasseur, il présente une excuse avec plus de succès. Ce n'est pas lui qui a traité avec M. Barthélemy. Il paraît n'avoir reçu que 25 exemplaires. Il n'en a vendu que deux. Les autres étaient exposés en vente dans son établissement; voilà ce qui pourra présenter la conduite de Levavasseur sous un jour moins défavorable que celle de Dénain.

Après un rapprochement assez étendu entre la jurisprudence anglaise et la nôtre, relativement à la solidarité des imprimeurs et des libraires en matière de presse, M. l'avocat du Roi continue ainsi :

« Il est une dernière considération par laquelle je termine : vous trouverez sans doute dans l'ouvrage, et non loin de la plupart des passages incriminés, l'emploi habile des correctifs complaisans, des restrictions hypothétiques, des réticences habilement ménagées, artifices de style qui, familiers à des écrivains exercés, colorent ou semblent adoucir l'expression, sans néanmoins modifier ou altérer la communication au lecteur de leur pensée toute entière! Sorte de supercherie divertissante, à l'aide de laquelle un auteur ingénieux se promet d'échapper aux mesures de répression légale, en se ménageant constamment et à plaisir deux sens à offrir, d'abord le sens transparent, accessible à tous (celui-là pour le lecteur), et puis le sens étroitement grammatical, tenu en réserve, et dont on ne se soucie que pour le commentaire juridique.

» Mais si la justice pouvait se contenter de la part qu'on lui fait, en ne s'attachant qu'à cette interprétation servile, il en résulterait que chez notre nation, où auteurs et lecteurs s'entendent facilement à demi-mot, où la pénétration publique est incessamment aiguisée par le commerce avec des écrivains spirituels..., la répression ne serait plus que pour le langage grossier et pour les gens du commun, tandis qu'avec quelque délicatesse de style, quelques prétéritions transparentes, quelques insinuations ingénieuses, quelques palliatifs légers, on serait assuré d'échapper à la vindicte; en sorte qu'il n'y aurait choses si mauvaises, provocations si détestables qu'un homme de talent ne pût publier avec privilége et impunité, et que désormais la seule cause qui permît de rechercher un libelle serait qu'il eût été maladroit.....

» En vérité, Messieurs, il y aurait de la déception à exiger que la justice seule fût étroitement renfermée dans le sens exactement grammatical, fût condamnée à renoncer à la sagacité du vulgaire. Pour moi, je le déclare, parmi les écrits que le devoir de mon ministère m'a déjà imposé de déférer à la justice des Tribunaux, je ne crois pas en avoir trouvé de plus directement hostiles, ni qui eussent un but plus manifestement dangereux. »

M Mérilhou, se levant : Mon client désirerait, je crois, présenter lui-même quelques observations. Le tribunal voudrait-il l'entendre avant moi ?

M. le président : M. Barthélemy, si vous êtes dans l'intention de prendre la parole, vous le pouvez.

M. Barthélemy, quittant le banc des prévenus, s'avance en présence du tribunal, et montrant l'ouvrage incriminé, d'une voix ferme et sonore, il prononce sa défense en ces mots :

MESSIEURS,

Voilà donc mon délit ! Sur un faible poëme
La critique en simarre appelle l'anathème;
Et ces vers, ennemis de la France et du Roi,
Témoins accusateurs, s'élèvent contre moi !
Hélas ! durant les nuits dont la paix me conseille,
Quand je forçais mes yeux à soutenir la veille,

Et que seul, aux lueurs de deux mourans flambeaux,
De ce pénible écrit j'assemblais les lambeaux,
Qui m'eût dit, que cette œuvre, en naissant étouffée,
D'un greffe criminel déplorable trophée,
Appellerait un jour, sur ces bancs ennemis,
Ma muse vierge encor des arrêts de Thémis !
Peut-être ai-je failli; mais, crédule victime,
Moi-même j'ai bien pu m'aveugler sur mon crime,
Puisque des magistrats, vieux au métier des lois,
M'ont jugé non coupable une première fois.
Aussi, je l'avouerai, la foudre inattendue,
Du haut du firmament à mes pieds descendue,
D'une moindre stupeur eût frappé mon esprit,
Que le soir, si funeste à mon livre proscrit,
Où d'un pouvoir jaloux les sombres émissaires
Se montraient en écharpe à mes pâles libraires;
Et craignant d'ajourner leur gloire au lendemain,
Cherchaient le Fils de l'Homme, un mandat à la main.

Toutefois, je rends grâce au hasard tutélaire
Qui, sauvant un ami de mes torts solidaire,
Sur moi seul de la loi suspend l'arrêt fatal ;
Triste plus que moi-même, au rivage natal
Il attend aujourd'hui l'œuvre de la Justice;
S'il eût été présent, il serait mon complice.
Éternels compagnons dans les mêmes travaux,
Forts de notre union, frères et non rivaux,
Jusqu'ici dans l'arène à nos forces permise
Nos deux noms enlacés n'eurent qu'une devise,
Et jamais, l'un de nous, reniant son appui,
N'eût voulu d'un laurier qui n'eût été qu'à lui.
Trois ans, on entendit notre voix populaire
Harceler les géans assis au ministère;
Trois ans, sur les élus du conseil souverain
Nos bras ont agité le fouet alexandrin,
Et jamais l'ennemi froissé de nos victoires
N'arrêta nos élans par des réquisitoires.

Mais, dès ce jour vengeur où, captive long-temps,
La foudre du château gronda sur les Titans,
Suspendant tout-à-coup ses longues philippiques,
Notre muse plus fière osa des chants épiques,
Évoqua du milieu des sables africains
Les soldats hasardeux des temps républicains,
Et montra réunis, en faisceau militaire,
Les drapeaux lumineux du Thabor et du Caire.
De nos cœurs citoyens là fut le dernier cri;
Notre muse se tut: et tandis que Méry
Allait, sous le soleil de la vieille Phocée,
Ressusciter un corps usé par la pensée,
J'osai, vers le Danube égarant mon essor,
A la Cour de Pyrrhus chercher le fils d'Hector;
Je portais avec soin, dans mes humbles tablettes,
Ces dons qu'aux pieds des rois déposent les poètes,
Et poète, *j'allai pour redire à son fils*
L'histoire d'un soldat aux plaines de Memphis :

Voilà tout le complot d'un long pélerinage.
Un pouvoir soupçonneux repoussa mon hommage,
Et moi, loin des Argus que rien n'avait fléchi,
Je repassai le Rhin imprudemment franchi.

Depuis, j'ai raconté cette pénible histoire;
J'ai voulu, sans chercher une futile gloire,
Par le charme du vers plus long-temps retenir
D'un voyage trompé le confus souvenir.
Je l'avoue, à l'aspect d'une gloire fanée,
D'une chûte si haute *et sitôt amenée*,
En voyant l'héritier de ces grandes douleurs,
J'ai soupiré d'angoisse et j'ai versé des pleurs,
Et j'ai cru qu'on pouvait, sans éveiller des craintes,
Exhaler des regrets mêlés de douces plaintes.
Moins sévère que vous, la royale bonté
Excuse les erreurs de la fidélité :

Delille, à la *Pitié* vouant sa noble lyre,
Chantait pour les Bourbons en face de l'Empire;
Voulez-vous nous ravir, sous nos Rois tolérans,
Un droit que le poète obtenait des tyrans?
Ah! laissez-moi gémir sur les jeunes années
D'un frêle adolescent, mort à ses destinées;
Et, tribut éphémère emporté par le vent,
Semer de quelques fleurs la tombe d'un vivant:
Souffrez une douleur pure de tout salaire;
Je ne trafique point d'un culte funéraire;
Et de ce chant de deuil enfanté dans l'ennui,
Jamais un faible son ne viendra jusqu'à lui.

Pourtant voilà mon crime! un songe, une élégie,
Me condamnent moi-même à mon apologie!
Partout sur ce vélin je frissonne de voir
Des vers séditieux soulignés d'un trait noir;

Le doigt accusateur laisse partout sa trace,
Et je suis criminel jusques dans ma préface!
Ah! du moins il fallait, moins prompt à me juger,
Pour me juger, tout lire et tout interroger;
Il fallait, surmontant les ennuis de l'ouvrage,
Jusqu'au dernier feuillet forcer votre courage,
Et, traversant mon livre, un scalpel à la main,
Avancer hardîment jusqu'au bout du chemin.
Certes, si comme vous on dépeçait un livre,
Combien peu d'écrivains seraient dignes de vivre!
Qu'on pourrait aisément trouver de noirs desseins,
Jusques dans l'Evangile et les ouvrages saints!
Ma prose est toujours prête à disculper ma Muse;
La note me défend quand le texte m'accuse;
D'un tissu régulier pourquoi rompre le fil?
De quel droit venez vous, annotateur subtil,
Dédaignant mon histoire attaquer mon poëme,
Prendre comme mon tout la moitié de moi-même,

Et fort de ma pensée, arrêtée au milieu,
Diviser contre moi l'indivisible aveu?

Mais j'ose plus encor; fort de mon innocence,
Armé du texte seul, j'accepte ma défense:
Seulement n'allez pas, envenimant mes vers,
D'un sens clair et précis extraire un sens pervers;
Gardez-vous de chercher, trop savant interprète,
Sous ma lucide phrase une énigme secrète;
Ainsi, quand vous lirez, *qu'à mes yeux éblouis*
La gloire a dérobé les fils de Saint-Louis;
Qu'aveuglément soumis au droit de la puissance,
Je ne me doutais pas, dans mon adolescence,
Que l'héritier des lis exilé de Mittau,
Régnait chez les Anglais dans un humble château,
Et que depuis vingt ans sa bonté paternelle
Rédigeait pour son peuple une charte éternelle...

Lisez de bonne foi, comme chacun me lit;
Pourquoi vous tourmenter à flairer un délit,
A tourner ma franchise en coupable ironie?
A voir un seul côté de mon double génie?
Voulez-vous donc me lire aux lueurs du fanal
Dont la sainte *Gazette* escorte son journal,
Et serrant vos deux mains, à nuire intéressées,
Exprimer du poison en tordant mes pensées?

Eh bien, soit, direz-vous; critiques complaisans,
Nous jugerons les vers sans torturer le sens :
D'où vient que, *bien souvent vous restez sans réponse*
Sur les doutes divers où votre esprit s'enfonce?
La raison, selon vous, combat le droit public!....
Oui; quand je répondrais au prince Metternich,
Dussent tous les docteurs de la Sainte-Alliance
A mon esprit rebelle opposer leur science;

Dût un censeur nouveau, de mon doute offensé,
M'appeler *insolent ou sceptique insensé*;
Même alors, mon esprit, bravant leurs anathêmes,
Ne pourrait éclaircir d'insolubles problêmes.
Je respecte avec vous, dans son obscurité,
Un dogme protecteur de la société,
J'admets aveuglément une foi nécessaire,
Et, sans le définir, *j'adore ce mystère*;
Mais du moins, appaisé par ce candide aveu,
Homme! n'exigez pas plus que n'exige Dieu!
Gardez-vous de tenter une lutte inégale,
D'une thèse publique évitons le scandale;
Notre zèle imprudent peut-être irait trop loin,
Et pour un tel combat il est trop d'un témoin.

Jusqu'ici, l'on m'a vu d'un tranquille visage
Conquérir pour ma cause un facile avantage;

J'ai vengé sans effort, dans mon livre semés,
Quelques vers, quelques mots, par Thémis décimés;
Redoublons de courage, un grand effort nous reste;
Abordons sans pâlir ce passage funeste
De l'un à l'autre bout chargé de sombres croix:
Là, sapant par mes vœux le palais de nos Rois,
Ébranlant de l'État la base légitime,
D'un sang usurpateur j'appelle le régime,
J'invoque la Discorde aux bras ensanglantés......
Est-il vrai? Suis-je donc si coupable? Écoutez:

« Il sait donc désormais, il n'a plus à connaître
» Ce qu'il est, ce qu'il fut, et ce qu'il pouvait être.
» Oh! que tu dois souvent te dire et repasser
» Dans quel large avenir tu devais te lancer!
» Combien dans ton berceau fut court ton premier rêve!
» Doublement protégé par le droit et le glaive,

» Des peuples rassurés espoir consolateur,
» Petit-fils d'un César et fils d'un Empereur,
» Légataire du monde, en naissant roi de Rome,
» Tu n'es plus aujourd'hui rien que LE FILS DE L'HOMME!

» Pourtant, quel fils de roi contre ce nom obscur
» N'échangerait son titre et son sceptre futur?
» Mais quoi! content d'un nom qui vaut un diadême,
» Ne veux-tu rien un jour conquérir par toi-même?
» La nuit, quand douze fois ta pendule a frémi,
» Qu'aucun bruit ne sort plus du palais endormi,
» Et que seul, au milieu d'un appartement vide,
» Tu veilles, obsédé par ta pensée avide,
» Sans doute que parfois sur ton sort à venir
» Un démon familier te vient entretenir.
» Oui, tant que ton aïeul, sur ton adolescence
» De sa noble tutèle étendra la puissance,

» Les jaloux archiducs, comprimant leur orgueil,
» Du vieillard tout-puissant imiteront l'accueil ;
» Mais, qui peut garantir cette paix fraternelle ?
» Peut-être en ce moment la mort lève son aile :
» Tôt ou tard, au milieu de ses gardes hongrois,
» Elle mettra la faux sur le doyen des rois ;
» Alors, il sera temps d'expliquer ce problème
» D'un sort mystérieux ignoré de toi-même :
» Fils de Napoléon, petit-fils de François,
» Entre deux avenirs il faudra faire un choix.
» Puisses-tu, dominé par le sang de ta mère,
» Bannir de ta pensée une vaine chimère
» Et de l'ambition éteindre le flambeau !
» Le destin qui te reste est encor assez beau :
» Les Rois ont grandement consolé ton jeune âge ;
» Le duché de Reichstadt est un riche apanage,
» Et tu pourras un jour, colonel allemand,
» Conduire à la parade un noble régiment.

» Qu'à ce but désormais ton jeune cœur aspire;
» Borne là tes désirs, ta gloire, ton empire;
» Des règnes imprévus ne gardons plus l'espoir;
» Ce qu'on vit une fois ne doit plus se revoir:
» Tout dort autour de nous; sur le flot populaire
» Les Rois ont étendu leur trident tutélaire;
» Dans un ciel calme et pur luit un nouveau soleil;
» Les potentats du nord, réunis en conseil,
» D'une éternelle paix gratifiant l'Europe,
» Au futur genre humain ont lu son horoscope;
» Et sans doute le ciel, dans ses livres secrets
» De Vienne et de Leybach a transcrit les arrêts.
» Car, si la politique, en changemens féconde,
» Une dernière fois bouleversant le monde,
» Sous des prétextes vains divisait sans retour
» L'irrascible amitié de l'une et l'autre Cour;
» Si, le fer à la main, vingt nations entières,
» Paraissant tout-à-coup autour de nos frontières,

» Réveillaient le tocsin des suprêmes dangers;
» Surtout si, dans les rangs des soldats étrangers,
» L'homme au pâle visage, effrayant météore,
» Venait en agitant un lambeau . . . .;
» Si sa voix raisonnait à l'autre bord du Rhin. . . .
» Comme dans Josaphat la trompette d'airain,
» La trompette puissante aux siècles annoncée
» Suscitera les morts dans leur couche glacée,
» Qui sait si cette voix, fertile en mille échos,
» D'un peuple de soldats n'éveillerait les os?
» Si d'un Père exilé renouvelant l'histoire,
» Domptant des ennemis complices de sa gloire,
» L'usurpateur nouveau, de bras en bras porté,
» N'entrerait pas en Roi dans la grande cité?
» Tels, aux bruyans accords des cris et des fanfares,
» Les princes chevelus, dans les Gaules barbares,
» Paraissaient au milieu des Francs et des Germains
» Montés sur des pavois soutenus par leurs mains. »

Vous m'avez entendu; j'ai d'une main fidèle
Déroulé sous vos yeux la feuille criminelle;
Maintenant, de la loi suspendez les bassins,
Élevez la balance, et pesez mes desseins :
Ai-je de l'avenir, perçant la sombre nue,
D'un sinistre Messie annoncé la venue ?
Ai-je prophétisé l'immuable destin ?
L'esprit erre parfois dans son doute incertain,
Et le champ du possible, illimité domaine,
S'ouvre aux vagues écarts de la pensée humaine.
Non, non, je ne viens point, armé d'un vieux lambeau
De la guerre civile allumer le flambeau :
Qui sait?... Ce mot dit tout; ne cherchez pas l'empreinte
D'un coupable désir où j'exprime une crainte;
Si le danger est nul qu'importe d'en parler ?
S'il existe au contraire, il faut le signaler;
Mais d'un pareil effroi notre âme est affranchie!
Le temps a sur sa base assis la monarchie;

Du nouvel édifice, antique fondement,
Quatorze ans de repos ont durci le ciment.
Peut-être, aux premiers jours où la France troublée
Retrouvait de ses Rois la famille exilée,
Quand le dernier Louis, sauveur inattendu,
A travers la tempête à nos vœux fut rendu,
Peut-être, aux bords du Rhin, un magique fantôme
Eût pu de sa parole agiter le royaume;
Mais les flots sont calmés; sur l'horizon d'azur
Le soleil ramené brille éclatant et pur.
D'un peuple rassuré, d'un Roi sans défiance,
Le temps a raffermi le pacte d'alliance;
De l'ombre impériale oubliant le retour,
Les vieux prétoriens s'éteignent chaque jour,
Et jusques sous le ciel de la Grèce opprimée
La France monarchique a conquis son armée.

Qui pourrait aujourd'hui troubler ce long repos?
Quoi? des vers? des soupirs?... fantastiques complots!
Ah! vous présumez trop de nos chants poétiques;
Ils sont passés les temps des prodiges antiques,
Les temps où, d'Appollon les fils mélodieux,
Honorés des humains et favoris des dieux,
Au seul frémissement d'une fragile corde
Excitaient à leur choix ou calmaient la discorde;
Temps où chantait Orphée, où d'insensibles corps
D'un sonore architecte entendaient les accords;
Où l'aveugle fureur d'un conquérant barbare
S'arrêtait tout-à-coup au seul nom de Pindare;
Où Sophocle, plaidant contre des fils pervers,
Rendait sa cause juste en récitant ses vers:
Que les temps sont changés! Citoyens pacifiques,
Hélas! loin d'exciter des tempêtes publiques,
Tremblans, privés d'appui, bannis, persécutés,
Gênés par la censure ou par nos libertés,

Nous trouvons à la fin, comme unique refuge,
Un arrêt pour salaire, et pour critique un juge.
L'éloquence moderne est esclave du frein;
Des ministres du jour le pouvoir souverain,
De nos arcs de triomphe oubliant la structure,
Elargit des prisons pour la littérature;
Béranger, que Thémis poursuit de son courroux,
Pour la troisième fois chante sous les verroux;
Peut-être en ce moment, l'âme de crainte émue,
De ma cause flagrante il demande l'issue;
Et sous l'étroit guichet, il attend aujourd'hui
Un frère en Apollon, coupable comme lui.

Cessez donc d'affecter de puériles craintes.
Des élans généreux les flammes sont éteintes;
L'égoïsme glacé nous rend muets ou sourds;
Dans le paisible sein des hommes de nos jours

Les cœurs dégénérés battent sans énergie ;
Les chants des marseillais ont perdu leur magie ;
Et des peuples vieillis, respectant le repos,
La lyre rend des sons qui meurent sans échos.

Pourtant, si quelquefois la poésie austère
Peut à la vérité prêter son ministère ;
Si, comme je le crois, cet art jugé divin
N'est point un jeu futile, un amusement vain,
Je n'aurai pas semé des paroles perdues.
Juges qui m'entendez, grâces vous soient rendues !
Votre oreille impassible a permis à ma voix
Un langage inoui dans ce temple des lois ;
Il est temps qu'une voix plus forte et plus puissante
Résonne, pour sauver une muse innocente ;
Le voilà, d'un front calme, assis à mon côté
Le patron du malheur et de la vérité !

Familière aux combats, sa main prudente et sûre
Saura me revêtir d'une solide armure :
Ses regards fouilleront dans le livre pénal,
Des armes de la loi formidable arsenal.
Pour moi, faible orateur, insoucieux poëte,
Des articles du Code inhabile interprète,
Je ne puis qu'invoquer les principes constans
Que posa la raison, juge de tous les temps,
Ces principes, du monde arbitres équitables,
Long-temps avant Solon, avant les Douze-Tables;
Et puisque la Sagesse avec la Bonne-Foi
Président le conseil qui siége devant moi,
Fort de la vérité, j'appelle à ma défense
Ce droit qui se révèle à notre intelligence,
Ce Code inné dans l'homme, aux arrêts tout-puissans,
Et l'immuable loi de l'éternel bon sens.

Ce discours, prononcé avec force et comme d'abondance, a été écouté avec une religieuse attention. Il a fallu toute la sainteté du lieu pour que le poète n'ait pas été interrompu par d'unanimes applaudissemens.

Me Mérilhou prend la parole en ces termes :

« Messieurs, quinze ans sont passés depuis la chûte de Napoléon ; ses ennemis les plus formidables, ses compagnons les plus illustres, ses serviteurs les plus fidèles, tous ou presque tous reposent avec lui dans la tombe, où s'endorment les haînes et les ambitions. Le monde entier a pris une face nouvelle ; d'autres besoins, d'autres lois, d'autres idées règnent en Europe, et si le captif de Sainte-Hélène ressuscitait par miracle, comme un autre Épiménide, il aurait peine à reconnaître cet univers que ses mains avaient si long-temps façonné.

» Il semble que les temps d'une ombrageuse susceptibilité étaient enfin passés, et qu'on pouvait, sans danger et sans crime, s'exprimer franchement sur un homme qu'aucun effort humain ne saurait exiler de l'histoire.

» Pendant sa vie, trop redouté même à Sainte-Hélène pour avoir droit à la justice, il commence à la trouver dans les écrivains contemporains : les historiens français et étrangers recueillent à l'envi les détails de ses travaux immenses, et les plus grands poètes de notre époque ont senti s'échauffer leur génie au spectacle attachant de tant de gloire et de tant d'infortune.

» Parmi nous, Béranger, Delavigne, Lamartine, Hugo, Lebrun ; chez les Anglais, lord Byron ; en Autriche, Sedlitz, ont célébré l'homme du destin : Barthélemy et Méry ont publié *Napoléon en Égypte*, Horace Vernet a consacré par son immortel pinceau les souvenirs de Fontainebleau.

» Et pourtant la monarchie est debout encore ; les séditions n'ont pas agité nos provinces; la bonne intelligence des trois pouvoirs n'a pas été troublée, et l'indice d'aucun danger n'est venu alarmer les pilotes qui dirigent le vaisseau de l'État.

» Tout-à-coup, le poète qui m'a confié sa défense est devenu l'objet d'une poursuite rigoureuse : un crime nouveau lui est imputé; il a publié un poëme où vit la mémoire de Napoléon ; il a voulu présenter au fils les chants qu'ont inspirés les travaux et les victoires de son père : ce n'est pas une accusation légère qu'on dirige contre lui ; c'est l'accusation d'avoir voulu exciter la guerre civile, d'avoir méconnu les droits de la maison de Bourbon, d'avoir tenté, dans une sorte de frénésie, d'ébranler par ses vers le plus ancien des trônes européens.

» Certes, la gravité de ces crimes contraste singulièrement avec l'exiguité et l'innocence des moyens, comme le procès actuel contraste avec la longanimité qui souffre tant d'autres publications en prose et en vers, dont Napoléon est le héros.

» Comment expliquer la rigueur déployée contre une œuvre légère, où le génie du poète n'a déposé que des sentimens douloureux, lorsque depuis si long-temps la poésie s'est emparée avec impunité de la vie de Napoléon, comme du sujet le plus propre à exciter l'enthousiasme ?

» Ces contrastes, messieurs, ne peuvent s'expliquer que par ce zèle nouveau qui, depuis quelques mois, s'est emparé du ministère public, et qui lui fait apercevoir des délits dans toutes les assertions contraires aux opinions personnelles des magistrats qui l'exercent ; ainsi, nous avons vu naguère incriminer à cette barre, dans un temps, les mêmes pensées et les mêmes sentimens dont auparavant l'expression aurait passé inaperçue ; comme si, dans ces matières, quelques jours de plus ou de moins faisaient l'innocence ou le crime.

» Toutefois, dans une époque que j'appellerai au moins *rigoureuse,* si je viens combattre le ministère public et défendre l'innocence du poème intitulé le *Fils de l'Homme*, je ne cours pas le risque d'être égaré par mon zèle; car en affirmant que cet écrit n'offre rien de répréhensible, ce n'est pas mon opinion seule que je viens établir, c'est une opinion plus respectable, c'est l'opinion émise par le tribunal lui-même, qui *a déclaré dans la chambre du conseil qu'il n'y avait lieu à suivre contre M. Barthélemy*; en sorte que je plaide pour obtenir que le tribunal maintienne son propre ouvrage; et c'est tout à la fois M. Barthélemy et le tribunal lui-même que je viens défendre contre le ministère public. Ainsi, je puis marcher dans ma route avec une pleine sécurité; et en prouvant qu'on peut s'attendrir sur le jeune Napoléon sans devenir coupable envers le roi de France, j'ai pour garant de la vérité de mes paroles les lumières et l'impartialité des magistrats de première instance, et leur fidélité à leurs sermens.

» Pour établir l'accusation dont il est l'organe, le ministère public s'est livré à des développemens où il m'est impossible de le suivre : c'est moins l'écrit que nous avons produit qu'un écrit imaginaire qu'il vous présente à juger; et cet écrit nouveau, c'est un commentaire, œuvre de son imagination et de sa volonté; commentaire contre lequel M. Barthélemy doit protester, et qu'il repousse de toutes ses forces, comme étant en contradiction avec ses pensées. Il est aisé de prendre un ouvrage, d'en scinder les passages, de supprimer les pensées qui modifient d'autres pensées, ou les changent, ou les expliquent; de rendre absolues des expressions conditionnelles, d'obscurcir les phrases dont le sens est le moins équivoque, de dénaturer l'opinion d'un auteur, et de lui prêter des crimes qui ont été loin de son esprit. C'est une vraie falsification.

C'est un procédé que M. de Marchangy flétrissait en ces termes :

« Vous ne devez pas fatiguer une expression insignifiante » pour en faire sortir des cris séditieux ; par une série de con- » séquences forcées trahir l'intention d'un auteur, et pour » ainsi dire enfanter vous-même le délit dans le travail d'une » interprétation servile. »

C'est cette méthode dont les grands écrivains ont souvent été les victimes ; c'est elle qui, dans la bouche des libellistes du temps, poursuivait comme un athée et comme un déiste l'immortel auteur de l'Esprit des Lois.

» Ce grand homme se défendait, comme se défend M. Barthélemy, en protestant contre l'altération de ses pensées :

« Cette manière de raisonner n'est pas bonne, qui, em- » ployée contre quelque bon livre que ce soit, peut le faire » trouver aussi mauvais que quelque mauvais livre que ce » soit, et qui, pratiquée contre quelque mauvais livre que ce » soit, peut le faire trouver aussi bon que quelque bon livre » que ce soit....

» Lorsqu'un auteur s'explique par ses paroles ou par ses » écrits, qui en sont l'image, il est contre la raison de quitter » les signes extérieurs de la pensée pour chercher ses pensées, » parce qu'il n'y a que lui qui sache ses pensées ; c'est bien » pis, lorsque ses pensées sont bonnes et qu'on lui en attribue » de mauvaises.

« Quand on écrit contre un auteur, et qu'on s'irrite contre » lui, il faut prouver les qualifications par les choses, et non » les choses par les qualifications....

» Cet art de trouver dans une chose qui naturellement a » un bon sens, tous les mauvais sens qu'un esprit qui ne » raisonne pas juste peut lui donner, n'est point utile aux

» hommes ; ceux qui le pratiquent ressemblent aux cor-
» beaux qui fuient les corps vivans, et volent de tous côtés
» pour chercher des cadavres. » (Montesquieu, *Défense de l'Esprit des Lois*, 3e partie, tome 4, page 303.)

» Cette pratique désolante, qui fait dire à un auteur ce qu'il n'a pas pensé, était celle que suivait cette fameuse *chambre étoilée* dont parle l'histoire d'Angleterre, et que les publicistes anglais signalent comme l'un des plus redoutables moyens de tyrannie qu'aient employé les agens des derniers rois de la maison de Stuart.

» Ainsi, Messieurs, vous devez juger un écrivain par ce qu'il a dit, et non sur le commentaire de ses accusateurs.

» MM. Barthélemy et Méry, célèbres à leur adolescence par une rare fraternité de gloire et de talent, célèbres aussi par le courage avec lequel ils avaient attaqué, au fort de leur puissance, des ministres qui se sont trop long-temps joués de la bonté du monarque, avaient publié *Napoléon en Égypte*, poème étincelant de sublimes beautés et de sentimens généreux : noble monument élevé à l'honneur d'une époque que les étrangers apprécient mieux que nous.

» Si les poètes avaient acquis par ce grand ouvrage cette gloire qui sert de salaire au génie, peut-être quelque reconnaissance en était due par eux au héros dont les dangers et les victoires avaient animé leurs pinceaux.

» De là l'idée de déposer aux pieds du fils, le plus noble et le plus désintéressé des hommages, le monument élevé à la gloire de son père ; idée touchante dont l'accomplissement ne pouvait trouver d'entraves que dans un seul lieu du monde : les héros d'Homère renvoyaient aux enfans les cadavres de leurs pères morts aux champs d'honneur, pour recevoir l'hommage de la piété filiale ; la cour de Vienne a été moins généreuse envers le fils de son ancien ennemi.

» Arrivé à Vienne, M. Barthélemy s'adresse au Grand-Maître de la maison du duc de Reichstadt, mais l'inquisition politique qui entoure le jeune prince empêche le poète de pénétrer jusqu'à lui ; toutefois, le hasard lui fait apercevoir dans un théâtre le jeune Napoléon, et cette rencontre est tout le poème.

» L'auteur peint avec chaleur les émotions profondes dont son cœur fut agité ; le souvenir des grandeurs qui entourèrent le berceau de celui qui porta le nom fastueux de Roi de Rome, et le spectacle de sa captivité présente . . ; la gloire paternelle, les infortunes qui en ont terminé le cours ... ; une destinée à qui l'avenir avait promis la puissance et ne devait donner qu'une obscurité sans bonheur, les Tuileries, Saint-Hélène, Schoenbrun... Que de vicissitudes! quelle réunion de tout ce qu'ont de plus grand la gloire et le malheur ! Combien le spectacle de tant d'abaissement, comparé à tant de grandeur évanouie, dût agiter l'âme d'un jeune poète, qui sent avec transport et qui peint avec énergie les mouvemens de son âme passionnée !

» S'il est vrai que la poésie vit de contrastes, quel sujet plus touchant d'émotions profondes et de tableaux poétiques, que le sort d'un jeune homme qui n'a reçu de son père d'autre héritage qu'un nom qui ne lui permet ni la gloire ni l'obscurité ? Peindre ses sentimens, voilà tout le dessein du poète; offenser le présent, menacer l'avenir, telle n'était pas sa pensée : son âme n'était attentive qu'au passé, et certes on peut en parler sans offenser la susceptibilité de la partie publique.

» Mais, pour éviter jusqu'au danger des équivoques, l'auteur a joint à chaque passage de son poëme des notes explicatives qui ne font qu'un avec les vers, qui complètent sa pensée, et qu'on ne peut en détacher sans faire une sorte de mutilation pareille à celle que Procuste affligeait à sa victime.

» J'arrive maintenant, Messieurs, aux deux chefs de prévention. Il faut, dans de telles circonstances, ne pas appliquer sans examen le texte de la loi dont on invoque contre nous les peines rigoureuses. L'article 2 de la loi du 17 mai 1819 atteint quiconque, par l'un des moyens énoncés en l'article 1er, aura provoqué à la révolte sans que cette provocation ait été suivie d'effet. — Vous accusez M. Barthélemy d'avoir provoqué à la révolte; mais songez que nous ne sommes plus sous la législation de 1815, où l'on pouvait rechercher les provocations *indirectes*. Cette loi a été justement flétrie par tous les penseurs, et remplacée par la loi du 17 mai 1819, sous l'empire de laquelle la peine n'atteint plus que la provocation directe et formelle.

» Dans quel cas y a-t-il provocation directe? c'est lorsque l'on propose une révolte, une désobéissance aux lois, à des soldats ou à des habitans qui sont là pour écouter ces incitations séditieuses et pour obéir y immédiatement.

» Mais parler avec respect d'un temps qui n'est plus, ce peut être preuve de regret, mais ce n'est pas la provocation à la révolte. Ainsi, le but général n'est pas d'insurger, mais d'exprimer des regrets.

» Ici, à qui s'adresse la provocation prétendue; car il faut qu'elle s'adresse à quelqu'un? Est-ce au duc de Reichstadt? Mais il serait absurde de penser que ce jeune homme attende les invitations d'un *poète*. Les conseils des enfans des Muses ne dirigent ni les cabinets des rois, ni les résolutions des candidats à la royauté. Supposer que quelques vers français vont mettre en mouvement le conseil aulique de Vienne, qui ne les lira pas, c'est une assertion dérisoire.

» *Est-ce au peuple français* que s'adresse la provocation?

Mais le texte résiste. Non-seulement il n'en dit pas un mot, mais il dit le contraire.

» Quels motifs donne-t-il à la révolte ? Quels faits de révolte indique-t-il ? Ici l'accusation est muette.

» Il y a plus; non-seulement le poète n'invite pas le duc de Reichstadt à une entreprise imprudente; mais il lui donne précisément des conseils contraires. D'ailleurs, les mots *qui sait* expriment à la fois un doute et une crainte : jamais provocation n'a été exprimée dans une formule aussi dubitative ?

» Parler d'un événement qu'on redoute, ce n'est pas le provoquer, à moins qu'on ne raisonne comme ce tyran de l'antiquité qui fit punir de mort son médecin qui lui avait annoncé sa fin prochaine.

» Au surplus, quand cette métaphore présenterait une image dont je reconnais l'exagération, est-ce donc au tribunal à sévir contre toute expression qui s'écarterait de l'exactitude mathématique ? La poésie n'a-t-elle donc plus sa licence et ses priviléges, et n'est-ce pas briser sa lyre et la déshériter du patrimoine du génie, que de lui interdire ces [illegible]nes véhémentes, ces figures passionnées par lesquelles elle remue l'âme des hommes ? L'œil du poète ne voit qu'à travers un prisme enchanté; sous sa plume, tout prend une couleur nouvelle : le condamner à écrire sans enthousiasme et sans passion; emprisonner son génie dans les cadres rétrécis d'un code correctionnel; mesurer avec un article pénal l'élan que pourra se permettre son imagination; lui défendre de peindre comme présens des maux possibles, de pleurer sur des maux quelquefois supportables, de s'indigner contre ses ennemis, d'adorer sa maîtresse; ôter à Archiloque son fouet vengeur; à Juvénal, sa *mordante hyperbole*; à Tibulle, à Parny leur palette enchanteresse ; à Corneille ses vers républicains, pleins du mépris des rois, c'est proscrire la poésie, c'est lui défen de d'émouvoir et de charmer, c'est lui ôter son empire sur les cœurs et sur les esprits; est-ce autre chose que de déshériter l'humanité des plus douces et des plus pures jouissances ?

» Dans tous les temps, les poètes furent regardés comme les privilégiés des dieux : et les grands hommes qui ont gouverné la terre ont permis à leur enthousiasme les hardiesses et les exagérations qu'un langage vulgaire et une raison plus calme auraient évités. Virgile loua impunément devant Auguste les derniers défenseurs des libertés romaines; Louis XIV toléra dans Racine poète des réflexions critiques qui l'indignèrent dans Racine prosateur ; et, de nos jours, Napoléon au faîte de la gloire, obsédé d'adulateurs, du haut de ce trône devant lequel se prosternaient les rois, au milieu des susceptibilités d'une puissance nouvelle, entendit sans s'indigner de simples poètes protester contre son pouvoir, et évoquer autour de lui des fantômes accusateurs. Fils heureux de la république, il entendit Chénier lui reprocher d'avoir étouffé sa mère ; successeur des Rois, qu'il n'avait pas détrônés, il entendit Delille chanter sur sa lyre fidèle les malheurs de la race royale, appeler ses serviteurs à l'espérance, et invoquer le bras d'Alexandre pour le rétablissement de la dynastie des Bourbons.

» C'était en l'an XIII que parut le poëme de *la Pitié*. C'était à peine au sortir de nos guerres civiles que Delille faisait entendre des accens dont vous pourrez apprécier la véhémence.

« Ainsi, jeté moi-même aux rives étrangères,
» Je chantais la pitié, je peignais nos misères.
» Souris à mes accens, ô prince généreux !
» A qui je dus ma gloire en des temps plus heureux;

» Toi, l'âme de nos chants, mon appui tutélaire,
» Qu'adore le Français, et que l'Anglais révère;
» Toi, dont le cœur loyal à nos cœurs attendris
» Fait briller un rayon du plus grand des Henris;
» Qui, sûr de notre amour, a conquis notre estime;
» Grand prince, tendre ami, chevalier magnanime,
» Modèle de la grâce, exemple de l'honneur!
» Tu t'en souviens peut-être; aux jours de mon bonheur,
» Je chantais tes bienfaits; et quand la tyrannie
» Nous faisait de son joug subir l'ignominie,
» J'en atteste le ciel, dans ces momens d'effroi,
» Je m'oubliais moi-même et volais près de toi.
» Oui, d'autres lieux en vain bénissaient ta présence,
» Le doux ressouvenir ne connaît point l'absence.
» Au milieu de l'exil et de l'adversité,
» Toujours tu fus présent à ma fidélité.
» Ainsi l'adorateur du grand astre du monde,
» Quand le ciel s'obscurcit, quand la tempête gronde,
» Par la pensée encor accompagne son cours,
» Le suit sous son nuage, et l'adore toujours;
» Mais que dis-je? au milieu des malheurs de l'empire,
» Un rayon de bonheur vient du moins te sourire.
» Par les nœuds de l'hymen ton œil voit réunis
» La fille de ton frère et ton auguste fils.
» C'est l'espoir de l'état : leur union féconde
» Doit des appuis au trône et des héros au monde.
» O couple vertueux! ô fortunés époux!
» Si long-temps séparés, que votre sort est doux!
» Tels deux jeunes ruisseaux, nés de la même source,
» Après de longs détours se joignent dans leur course,
» Et, dans le même lit, sous les mêmes berceaux,
» Unissent leurs murmures et confondent leurs eaux.
» A leur hymen heureux les oiseaux applaudissent;
» Autour naissent les fleurs et les troupeaux bondissent,

» Et de leurs flots unis, le cours délicieux
» Fertilise la terre et répète les cieux.
» C'est ton heureux pays qui vit former leurs chaînes;
» Toi, qui du nord charmé vient de saisir les rênes,
» Jeune et digne héritier de l'empire des czars;
» Sur toi le monde entier a fixé ses regards,
» Quels prodiges nouveaux vont signaler ta course!
» Tel que l'astre du nord, le char brillant de l'ourse,
» Toujours visible aux yeux dans ton climat glacé,
» Comme un phare éternel, par les dieux fut placé.
» Ton regard vigilant, du fond du pôle arctique,
» Sans cesse éclairera l'horizon politique.
» Ta sagesse saura combien est dangereux
» Le succès corrupteur des attentats heureux.
» Oui, tu protégeras ce prince déplorable,
» Que relève à tes yeux une chûte honorable;
» Qui, d'un œil paternel, pleurant des fils ingrats,
» L'olive dans la main, en vain leur tend les bras.
» Quel malheur plus touchant, quelle cause plus juste,
» Réclament le secours de ta puissance auguste!
» Souviens-toi de ton nom : Alexandre autrefois
» Fit monter un vieillard sur le trône des rois.
» Sur le front de Louis tu mettras la couronne;
» Le sceptre le plus beau, c'est celui que l'on donne. »

» Eh bien! Messieurs, Napoléon connaissait ce poëme! Il s'est vendu à plus de 20,000 exemplaires! Napoléon pensionna Chénier et honora Delille; il ne les envoya pas à la police correctionnelle, et les magistrats d'alors auraient cru offenser le chef de l'Etat, en supposant, par une accusation publique, qu'une expression plus ou moins exagérée de sentimens honorables pouvait ébranler l'ordre établi.

» Si l'empire est tombé, ce n'est ni par les vers républicains de Chénier, ni par les vers royalistes du chantre de *la Pitié.*

» La seconde partie de l'accusation roule sur une prétendue attaque à l'ordre de successibilité au trône ; mais cette attaque n'existe nulle part ; je défie qu'on cite une expression négative des droits que Louis XVIII avait à la couronne, aucune expression qui affirme que le jeune Napoléon aurait quelque droit à s'emparer du trône de Charles X !

» Seulement, l'auteur a dit ce vers :

Doublement protégé par le *droit* et le glaive.

Mais ces paroles se rapportent évidemment à l'époque de la naissance du duc de Reichstadt, et alors son père exerçait légalement en France le pouvoir suprême. Lois, codes, sénatus-consultes, victoires, telles furent les décorations de son royal berceau.

» Vainement on s'efforce d'exiger de moi une discussion théorique sur la légitimité. Je respecte l'autorité royale ; mais je ne puis oublier une autre époque où la France ne fut ni sans gloire ni sans puissance ; et je croirais manquer de respect envers les lois dont je suis l'organe, si je venais appeler illégitime et criminel le pouvoir qui les a proclamées ; si je venais flétrir comme des crimes les jugemens des magistrats, les victoires de nos guerriers, les travaux de nos administrateurs, pendant les temps qui ont précédé le retour des Bourbons. Que dis-je? j'outragerais par cette extravagante adulation la mémoire du roi défunt, la sagesse du roi régnant, car chaque acte de leur gouvernement, chaque droit de leur couronne, chaque règle de leur autorité, sont émanés de ces codes qu'a scellés la main qui s'est desséchée dans les fers de Saite-Hélène.

» Ainsi, bannissez de puériles fictions ; sortez de cette mythologie politique ; rentrez dans les faits, car la société vit de faits matériels, et reconnaissez qu'à cette époque qu'on veut flétrir, si les pouvoirs inférieurs étaient organisés avec sagesse, la transmission du pouvoir suprême n'avait pas été laissée au vague et au hasard.

» Que le temps et la fortune aient dispersé les débris de ce grand édifice ; que les débris même aient péri ; que leur souvenir seul reste à l'histoire, qu'importe ? Réciter l'histoire du passé, ce n'est pas menacer l'avenir ; et méconnaître les faits accomplis, nier le droit d'en parler, c'est une puérilité ; ce n'est pas la législation des hommes faits.

» On reproche encore à Barthélemy d'avoir affirmé qu'au 31 mars 1814 il ignorait l'existence des Bourbons. Mais ignorer l'existence d'un fait ne saurait jamais être un délit.

» Ici, Messieurs, une réflexion douloureuse vient encore affliger mon cœur.

» Comment se fait-il qu'on veuille juger les intentions des hommes d'après des règles de fantaisie plutôt que d'après les faits existans à l'époque dont on veut s'occuper, l'ignorance dont l'aveu paraît aujourd'hui si criminel, était dû à l'éducation même dont une génération entière a subi les rigueurs.

» Qu'on s'adresse à un homme qui eût déjà atteint l'âge mûr à l'époque de la révolution ; qu'on lui reproche d'avoir pris parti pour ou contre le rétablissement de nos libertés antiques ; qu'on lui reproche d'avoir prêté le serment du Jeu de Paume, d'avoir voté l'égalité des droits et le jugement par jury, d'avoir combattu les Prussiens à Valmy ou à Waterloo ? Cela peut se concevoir : un tel jugement ne serait qu'une injustice.

» Mais reprocher à une race nouvelle sa tardive apparition dans la vie, lui reprocher d'avoir appris à lire dans des chants de victoire, d'avoir ignoré ou mal connu des événemens antérieurs, et de porter dans le cours d'une vie longue encore l'empreinte des passions politiques qui ont bercé son enfance; c'est reprocher à la pierre de tomber, au soleil de luire, à la nature entière d'obéir à la main qui l'a façonnée.

» C'est en vain qu'on s'obstine à le méconnaître (et il faut bien qu'il se trouve une langue pour le dire, puisqu'il se trouve des yeux pour ne pas l'apercevoir) : tandis que les générations qui ont vu l'ancien régime sont à-peu-près éclipsées, tandis que les générations qui ont arrosé de leur sang les échafauds révolutionnaires, les champs de nos guerres civiles, et nos trophées de l'orient, du nord et du midi, s'écoulent avec une désolante rapidité ; voici venir, voici grandir, voici bientôt gouverner, une race neuve et vigoureuse, étrangère aux habitudes paresseuses du 18e siècle autant qu'à ces incroyables malheurs qui ont décimé leurs pères et leurs frères ! Nés entre le canon du 14 juillet et celui de Waterloo, trop dédaigneux peut-être de ces travaux de géans qui ont préparé leur avenir, n'allez pas leur demander compte de croyances éteintes, d'affections évanouies avant leur entrée dans la vie, de traditions qu'ils n'ont pu connaître; c'est de liberté, de paix, d'institutions, d'industrie, de travail, qu'ils ont soif, et non de guerres absurdes et d'injustes conquêtes. Les punirez-vous d'avoir ignoré le sort des princes exilés? Mais c'est le crime de leur éducation; ils étaient au 31 mars tels que les avait faits la révolution, tels que les avait faits l'empire. Elevés au son des tambours, nourris des dogmes politiques de la Grèce et de Rome, tenus éloignés de tous souvenirs de la royauté absente, combien peu d'entr'eux auraient pu préciser le nombre, l'âge et les rapports de parenté des membres vivans de l'auguste famille! Alors, un grand fait, un fait unique, la France humiliée par la conquête, absorbait leur pensée et captivait leur âme : plus tard, la lumière s'est faite; des institutions improvisées dans l'orage se sont raffermies par la paix; et ceux-là même que leur âge isolait des regrets de l'ancien régime et de l'empire ont grandi en embrassant la Charte, et vieilliront en combattant pour elle les hommes du passé. Qu'elles sont aveugles les attaques livrées à cette génération des nouveaux jours! Qu'ils sont imprudens ceux qui lui reprochent son isolement des affections antérieures à la restauration! C'est cet isolement même qui garantit la pureté de leur affection au trône des Bourbons et au pacte qui le lie à la France régénérée.

» Riches des conquêtes de leurs dévanciers, ils vivront sous les institutions que notre sang a fécondées; sans distinguer si la Charte est un don ou un contrat, ils la défendront comme un patrimoine. Déjà ils ont frappé du pied du maître le champ électoral; encore un jour, ils maîtriseront la tribune. Qu'on ne se plaigne pas de leur ignorance, mais plutôt qu'on s'en applaudisse; car cette ignorance des choses anciennes les attache sans retour et sans partage à nos institutions nouvelles.

» Messieurs, je ne sais si je m'abuse, mais il me semble que le procès actuel est un étrange anachronisme; si les dates n'étaient pas certaines, on dirait un procès conservé dans les cartons de ceux que la loi de novembre 1815 et le système des tendances avaient jettés parmis nous : théorie des provocations indirectes, théorie des accusations collectives; dessein prémédité d'imputer à un auteur le contraire de ce qu'il a dit, et de supprimer ses véritables expressions : tout se retrouve dans cette accusation mémorable, dirigée plutôt contre l'histoire entière que contre un poète inoffensif.

Depuis long-temps des jours plus paisibles ont lui sur nous :

les lois pénales sur les provocations se sont perfectionnées, elles ont désarmé les inquisiteurs de la pensée: les écrivains sont devenus plus libres et plus mesurés, le pouvoir est devenu plus confiant. La nation est tranquille. Des tableaux, des portraits, des allégories, des vers mêmes, ne sont plus proscrits; on peut dire impunément que Napoléon a existé, qu'il a régné, qu'il a vaincu souvent, que son règne n'a pas été sans gloire, et que ses lois n'ont été ni sans force, ni sans sagesse.

» Et on ne pourrait imprimer qu'il a un fils, que ce fils hérite de son infortune, en expiation des courtes joies qui ont entouré ses jeunes ans! On ne pourrait dire que ce jeune homme est captif; et il serait défendu de plaindre un malheur dont les annales modernes n'offrent pas d'exemple! Et ce qui serait innocent en parlant du père, deviendrait un crime en parlant du fils!.. De pareilles contradictions seraient indignes de la majesté de nos lois et de la sagesse de leurs ministres.

» Mais vous qui, par cette poursuite, croyez servir l'honneur du trône et rehausser sa dignité, ne voyez-vous pas que vous faites à ce trône même la plus cruelle des injures, en le supposant menacé par quelques vers et par le nom d'un enfant? Ne voyez-vous pas que vous rabaissez notre belle patrie, en paraissant croire que son repos dépend de l'opinion qu'on peut avoir sur le compte de ce jeune homme? Qu'a-t-il fait jusqu'ici pour mériter l'honneur d'être l'objet de tant d'alarmes? Courbé d'avance sous le poids d'un grand nom, on ne le distingue des princes de sa maison que par les soupçons et les précautions injurieuses pour la France dont on accable sa vie, comme si la France était prête sans cesse à se lever pour se jeter aux pieds d'un élève de la cour de Vienne.

» Suppositions injurieuses et mensongères: le temps est passé de la magie des noms et de la puissance des souvenirs héréditaires. Sachez bien que la France mesure son affection sur son bonheur et sur sa liberté. L'exécution fidèle de la Charte, l'abnégation sincère de ces voies de violence ou de fourberie qui ne peuvent que discréditer le pouvoir, voilà le meilleur rempart contre ces vaines terreurs. Cessez de combattre des fantômes! Cessez de donner par vos poursuites de la réalité à des chimères que l'ambition de nos voisins peut exploiter un jour contre la grandeur de notre belle France!»

Cette brillante improvisation a produit sur l'auditoire une impression profonde.

Me Jules Persin, défenseur de M. David, prend la parole :

» Messieurs,

» Sous le rapport des considérations morales et des idées qui dominent cette cause, MM. Barthélemy et Mérilhou m'ont laissé bien peu de choses à dire; et je ne viendrai pas, orateur maladroit, essayer de reproduire les impressions profondes dont les accens de la plus harmonieuse poésie et les mouvemens d'une haute éloquence ont fait vibrer vos cœurs....

» Mais il me reste à examiner devant vous une question de fait, et une question de principes particulière à la cause que je suis chargé de soutenir, celle de l'imprimeur David, et, sans négliger aucun des moyens de ma défense, je tâcherai, de m'approprier le seul genre de mérite qu'on m'ait abandonné, celui de la brièveté et de la clarté.

» Le fait de culpabilité, en ce qui concerne l'imprimeur, et chacun ici le reconnaît, existe tout entier dans l'appréciation du mot *sciemment*, que nos législateurs ont inséré dans la loi pénale.

» Pour qu'un imprimeur soit condamné, en pareil cas, il faut qu'il soit établi, constaté, qu'il a agi *sciemment*, c'est-à-dire, qu'il a connu la criminalité de l'ouvrage, *avant* de l'imprimer. Or, ici, l'imprimeur David a-t-il agi *sciemment*? Rendons justice au ministère public qui, se plaçant loyalement sur le seul terrein qui lui appartenait, a senti que ce n'était point à nous à faire une preuve négative, à démontrer que *nous n'avons pas agi sciemment*, mais que c'est au contraire à lui, ministère public, à prouver que nous avons eu, avant d'imprimer, connaissance suffisante de la criminalité du poème, en un mot que *nous avons agi sciemment*.

» Pour faire cette preuve, M. l'avocat du roi présente plusieurs argumens.

» Il en est un qui n'existe que dans l'instruction écrite, et quoiqu'on ne l'ait pas reproduit à l'audience, on y avait si fortement insisté d'abord, que nous devons croire qu'on n'y a pas renoncé. Voici en quoi il consiste :

» Jusqu'à ce jour, MM. Barthélemy et Méry avaient cédé la propriété de leurs ouvrages à un libraire, qui s'en rendait éditeur, et se chargeait de tous les détails de la publication : cette fois au contraire, M. Barthélemy s'est rendu lui-même éditeur de son poème; il s'est adressé directement à M. David, pour qu'il se chargeât de l'impression, dont lui, Barthélemy, a fait tous les frais, et il s'est ainsi constitué, contre son ordinaire, son propre éditeur. Cette nouvelle manière d'agir n'a-t-elle pas dû éveiller tout d'abord l'attention et les soupçons de l'imprimeur? n'a-t-il pas dû penser que M. Barthélemy n'avait sans doute pu trouver un libraire qui consentît à se charger de son poème, et qu'un pareil écrit renfermait probablement des choses bien répréhensibles?...

» Tel est au moins le raisonnement du ministère public; mais il est facile d'y répondre...

M. Menjaud de Dammartin. Je n'ai pas plaidé ce moyen....

Me Jules Persin. Vous l'abandonnez donc ?

M. Menjaud. Oui, j'y renonce.

Me Jules Persin, continuant : Alors je ne m'attache plus à combattre que les moyens que vous venez de présenter à l'audience, et je vous suis sur votre propre terrein.

» Plusieurs motifs ont, selon vous, suffisamment averti l'imprimeur de la criminalité de l'ouvrage.

« 1° Le titre lui-même, ce titre répété avec profusion sur » toutes les pages du livre : *le Fils de l'Homme*, et ce sous-» titre : *Souvenirs de Vienne*, qui explique suffisamment ce » qu'il peut y avoir d'obscur dans cette qualification du *Fils* » *de l'Homme*, etc., etc.»

» Non, messieurs, non, ce titre ne suffisait pas pour avertir l'imprimeur; car déjà plusieurs fois MM. Méry et Barthélemy avaient chanté les gloires de l'empire, dans des poèmes où ils n'avaient pas craint d'appeler *l'Homme* par son propre nom; témoin ce beau monument élevé à la mémoire de notre immortelle armée d'Égypte, ce poème qui rehausse encore le piédestal sur lequel la postérité placera la statue d'un héros, cette page d'histoire, en un mot, sur laquelle Barthélemy et Méry inscrivirent ce nom fameux : *Napoléon*.

» Jusque là, du moins, leurs chants n'avaient été l'objet d'aucune censure, et, comme M. Barthélemy vous l'a dit dans son éloquent langage :

Sa muse, vierge encore des arrêts de Thémis,

ne pouvait donner d'ombrage à l'imprimeur, rassuré par de pareils antécédens. »

» J'ajouterai même qu'on avait ici poussé la précaution jusqu'au scrupule, car *Napoléon* n'était pas nommé dans ce titre, et son fils, à qui ce nom même n'appartient plus, n'est ici que le fils de *l'Homme*, de cet homme, il est vrai, jadis si puissant, mais auquel il ne reste plus que ce titre si ingénieusement créé par le poète, et qui lui demeurera désormais. Car, lorsqu'on voudra parler de ce géant abattu, on ne dira plus Napoléon, l'Empereur, Bonaparte.... on dira : c'est *l'Homme!!!*

» Il n'y avait donc rien dans ce titre qui pût alarmer la susceptibilité la plus ombrageuse ; passons à un autre moyen.

« L'épigraphe choisie par l'auteur devait, dit le ministère » public, éclairer l'imprimeur sur le danger du livre; cette épi- » graphe bien significative, et qui révèle la touchante et pieuse » sollicitude du poète pour le fils de Napoléon !

Quid puer Ascanius? superat ne et vescitur aurâ?

» Il se peut, Messieurs, que cette épigraphe soit significative pour M. l'avocat du roi; mais avant de la présenter comme un motif à l'appui de la prévention, il aurait fallu que le ministère public prît la peine de faire subir à mon client un interrogatoire préalable, et qu'il lui demandât *s'il sait le latin?* car s'il ne connaît pas cette langue, il n'a pu comprendre le danger de cette fatale épigraphe, et l'argument tombe à faux; or, messieurs, il est de fait qu'on peut être fort honnête homme, bon imprimeur, excellent typographe, comme M. David, et n'avoir pas fait ses humanités; on peut même, au besoin, remplir des fonctions importantes, être huissier, *greffier* même, et ne pas savoir le latin : vous en avez ici un exemple frappant; l'estimable greffier qui tient la plume à cette audience, et qui a lu l'arrêt de renvoi, s'est vu tout à coup arrêté par cette même épigraphe, et n'a pu aller au-delà de ces mots : *quid puer*.... (1) Lui en ferez-vous un crime ? non sans doute. Car s'il ne connaît pas la langue de Virgile, il connaît parfaitement celle du tarif, et n'en remplit pas moins avec distinction l'utile emploi confié à son zèle... Une foule de personnes se trouvent d'ailleurs dans le même cas, et je vois M. l'avocat du roi dans l'alternative ou de renoncer à son argument, ou de donner, bien involontairement, sans doute, lieu à des applications fort injurieuses pour une partie des honorables citoyens qui remplissent cette enceinte, et qui, fort estimables du reste, seraient peut-être très embarrassés pour trouver un délit correctionnel dans l'*explication* du vers

Quid puer Ascanius? superat ne et vescitur aurâ?

» Il existe un fait reconnu par M. David, et dès-lors constant au procès; je veux parler des observations que M. David aurait soumises à M. Barthélemy relativement à un vers qui lui *paraissait dangereux*, et pour lequel il aurait, dit-on, demandé et obtenu du poète un correctif. Le ministère public tire de cette circonstance un argument contre l'imprimeur, et prétend qu'il a dû connaître ainsi tout ce que la publica-

---

(1) Cela s'est effectivement passé à l'audience, mais c'était sans doute la mauvaise écriture du manuscrit qui a causé l'hésitation de M. le greffier, car nous ne croyons pas qu'il soit permis de supposer qu'un greffier ne sache pas le latin. (*Note de l'éditeur.*)

tion de ce livre pouvait causer de troubles, puisqu'il a pu en apprécier certains passages qui sont de nature à compromettre la paix publique, etc.

» J'avoue, Messieurs, que je n'ai pas été médiocrement surpris d'entendre présenter comme un argument pour la prévention cette circonstance, que je regardai, moi, et que je regarde encore comme l'un des moyens les plus puissans de la défense.

» En effet, Messieurs, s'il est vrai que l'imprimeur ait signalé au poète un vers exprimant une idée qui lui paraissait trop forte, et l'ait engagé à en adoucir l'expression, cela prouve-t-il autre chose que la bonne foi, la prudence, l'extrême circonspection de M. David, qui tient à n'imprimer que des choses convenables et non répréhensibles, et qui veut prévenir d'avance toutes les suites qui pourraient résulter d'une publication hasardeues ?

» Assurément, en agissant ainsi, M. David a prouvé que s'il eût eu connaissance d'autres passages capables d'éveiller sa sollicitude, il aurait fait à l'auteur les mêmes observations ou n'aurait pas consenti à lui prêter le secours de ses presses.

» Loin donc de voir ici le moindre indice d'un délit ou d'une intention seulement répréhensible, j'y trouve au contraire la preuve la plus complète de la bonne foi de l'imprimeur, et l'excuse la plus naturelle du délit, s'il existe.

» Toujours fidèle à cette invariable droiture qui l'a constamment guidé, M. David est convenu qu'il avait lu, non pas le manuscrit dans son entier, mais *les épreuves* par feuilles détachées.

» Le ministère public tourne aussi contre lui cette circonstance, et moi j'y trouve encore un motif d'excuse.

» Puisque M. David a lu les épreuves, dit M. l'avocat du

» Roi, il s'est aperçu de la criminalité du poëme ; et, en » l'imprimant, il a sciemment contribué à une publication » dangereuse, il a accepté la solidarité du délit. »

» C'est avec vos propres argumens, M. l'avocat du Roi, avec vos propres paroles que je veux vous répondre. Vous reconnaissez que M. Barthélemy est doué d'une prodigieuse facilité d'expression et que son talent est admirablement flexible ; c'est surtout, dites-vous, dans les correctifs qu'il excelle. « Trouve-t-on dans son livre un passage évidem- » ment dangereux, à l'instant même un palliatif adroit vient » atténuer ce danger... » Il faut donc, vous le reconnaissez vous-même, un certain travail, un certain talent pour séparer le bon grain d'avec l'ivraie, et pour démontrer que ces correctifs impuissans n'empêchent pas de ressortir toute la perversité des pensées ou des opinions émises par l'auteur! Eh bien! comment voulez-vous admettre que l'imprimeur ait pu se livrer fructueusement à ce travail, à la simple lecture de quelques feuilles détachées, n'ayant à sa disposition que des parcelles de ce poëme, *disjecti membra poëtæ?*

» Croyons plutôt que son attention s'est portée de préférence sur ces correctifs si remplis de bonnes et monarchiques pensées, sur ce passage où le Roi de France est représenté comme un prince juste, généreux et tolérant, *qui mérite le premier hommage du poète*, et qui ne s'offense pas de l'innocent tribut payé par un jeune cœur à la puissance déchue.

» En un mot, puisque l'imprimeur n'a lu que des feuilles détachées, croyons que le bien l'a frappé plutôt que le mal, ou que son attention, captivée par l'un, n'a pas été assez éveillée par l'autre pour en concevoir toute la gravité. Il faudrait, en effet, pour qu'on déclarât *qu'il a agi sciemment*, que la perversité du livre fût telle qu'elle éclatât à la simple lecture, et qu'on ne pût s'y méprendre. Or, peut-on dire qu'il en soit ainsi du poëme incriminé ?

» Cela serait, qu'il faudrait encore faire la part de l'erreur, car tout homme est exposé à se tromper, et sur les mêmes choses les jugemens que chacun porte sont quelquefois bien différens ; ce qui paraît à l'un répréhensible, à l'autre peut paraître innocent ! Qui oserait alors se flatter d'avoir raison ? Et quand il s'agit de condamner ou d'absoudre, au risque de se tromper, ne faut-il pas reconnaître le plus indulgent pour le plus sage ?

» Mais, ici, Messieurs, nous avons, grâces au ciel, un appui bien tutélaire à invoquer à l'appui de notre jugement personnel ; c'est la décision favorable déjà rendue par la Chambre des mises en prévention, et cet argument, que mon confrère, Me Mérilhou, a déjà fait valoir, je le revendique avec plus de raison encore, car il appartient surtout à ma cause...

» Eh ! quoi, Messieurs, une réunion d'hommes prudens, consciencieux et sages, un tribunal de magistrats aussi intègres qu'éclairés, auront examiné ce livre, l'auront approfondi, médité, analysé dans toutes ses parties, puis la main sur la conscience, ils auront déclaré *qu'il n'y a pas lieu à suivre*, ils auront, en un mot, jugé le livre *non coupable*, et l'imprimeur seul, livré à ses propres lumières, à son inexpérience, peut-être, sera répréhensible pour avoir pensé comme le tribunal, et n'avoir pas été plus sévère que lui ! Un pareil système est trop rigoureux pour trouver crédit près de vous.

» Mais, dira-t-on, la Chambre des mises en prévention a pû se tromper ! J'admets comme vous cette supposition, car un tribunal peut se tromper aussi ; mais alors ne refusez pas de reconnaître qu'un homme dont le faux jugement se trouve partagé par un tribunal, est nécessairement excusable et placé sous l'égide de la loyauté et de la bonne foi la plus complète : or, toute la question est là ; si l'imprimeur s'est trompé de bonne foi, s'il a franchement ignoré la criminalité du livre, il ne peut assumer sur sa tête la solidarité d'un délit qu'il n'a pas connu, et vos rigueurs ne peuvent l'atteindre.

» Je pourrais, Messieurs, borner ici ma défense, si je n'avais encore à vous soumettre une question de principes, d'autant plus grave, qu'elle intéresse essentiellement la liberté de la presse : la doctrine que je soutiens conduit à ce résultat, que, dans notre système de gouvernement et sous l'empire des lois protectrices de la liberté de la presse, un imprimeur ne devrait jamais être condamné ni poursuivi pour un délit pareil à celui qui nous amène aujourd'hui devant vous.

» En effet, pourquoi poursuit-on un imprimeur ? C'est, dit-on, parce que si l'auteur d'un livre dangereux ne trouvait pas d'imprimeur, il ne pourrait le publier, et que le mal causé par la publication n'aurait pas lieu.

» Vous admettez donc qu'un imprimeur puisse refuser le secours de sa presse à l'auteur d'un livre ! Or, c'est là le point de la difficulté, et je soutiens, moi, que ce droit ne devrait pas lui appartenir.

» Qu'un libraire refuse de se rendre éditeur d'un livre qui lui paraît dangereux, je le conçois ; il est parfaitement libre de prendre à cet égard telle détermination qui lui convient, parce qu'en aucun cas son refus ne saurait entraver la liberté de la presse, car l'auteur peut, s'il le veut, se rendre lui-même éditeur de son ouvrage, et il n'a aucun reproche à faire au libraire ;

» Mais en est-il de même d'un imprimeur qui refuserait le service de ses presses ? Non, sans doute, et c'est ici que la question nous paraît d'ordre public et d'un haut intérêt.

» La liberté de la presse, en effet, paraît illusoire sans la liberté d'imprimer; et cette liberté cesse d'exister, dès l'instant que vous établissez une censure quelconque.

» Or, si vous donnez à un imprimeur le droit de discuter le mérite ou la convenance d'un ouvrage qu'on lui apporte, et par suite le droit de refuser d'imprimer, vous instituez une véritable censure, indirecte, il est vrai, mais plus redoutable mille fois que la censure légale, d'odieuse mémoire; au moins celle-ci se contentait de mutiler les ouvrages, et il en restait encore quelques lambeaux; tandis que, par la censure de l'imprimeur, vous anéantissez l'ouvrage tout entier; car un livre qui ne peut se produire par la voie de la publication est comme s'il n'eût jamais existé.

» Dira-t-on que si un imprimeur refuse le service de sa presse, un autre consentira volontiers à vous l'offrir?..... Cet argument est loin de me satisfaire; car, si l'on admet une fois le principe d'un refus possible, chaque fois qu'un ouvrage déplaira à l'autorité, il lui sera facile d'en empêcher l'impression?

» Tous les imprimeurs ne sont-ils pas, en effet, sous la dépendance du pouvoir, par la nécessité du brevet qu'on leur concède et qu'on peut leur ravir? Le pouvoir a des agens nombreux; et, à la première annonce d'une publication qui ne sera encore qu'un projet, mais qu'on voudra arrêter, tous les imprimeurs seront facilement avertis... Placés alors entre leur devoir, qui est d'imprimer, et la crainte de perdre leur brevet, le choix ne sera pas douteux; ils refuseront, et voilà précisément l'inconvénient que je signalais.

» Certes, cet inconvénient n'existerait pas, si les imprimeurs étaient forcés d'imprimer; et ils ne peuvent être forcés de le faire qu'autant qu'ils seront assurés qu'on ne les pousuivra pas. L'imprimeur, en effet, dans notre système de liberté de la presse, ne devrait être considéré que comme un être passif, une véritable machine indifférente à l'œuvre qu'elle produit, et dont elle ne doit pas répondre.

» Objectera-t-on qu'une pareille doctrine a ses dangers? Non, affirmerai-je encore; car ici, chacun répond de ses œuvres. Que celui qui fait mal soit puni, rien de plus juste; que l'auteur d'un livre coupable porte la peine de son imprudence et de sa mauvaise intention; mais que l'instrument qui lui a servi à publier sa pensée ne soit pas brisé.

» Il n'est qu'un seul cas où la poursuite me parait de droit, et la condamnation juste, c'est celui où un livre paraitrait dans le public sans nom d'auteur... L'imprimeur, alors, connaissant l'étendue de ses devoirs, se mettant à la place de l'auteur lui-même, et assumant sur sa personne toute la responsabilité de l'ouvrage, n'aurait aucune plainte à former, s'il était poursuivi, car il se serait volontairement exposé à l'être.

» Mais si vous suivez un système contraire, si vous persistez à poursuivre et à condamner les imprimeurs, qu'arrivera-t-il? Il arrivera que les gens mal-intentionnés travailleront dans l'ombre à détruire votre ouvrage; que des presses clandestines imprimeront audacieusement les livres les plus répréhensibles; que ces livres se répandront avec d'autant plus de danger que, ne portant de noms ni d'auteur, ni d'imprimeur, le mal qu'ils pourront produire sera presque irréparable, et le poison circulera avec une effrayante rapidité, sans qu'on en puisse découvrir, ni la source, ni le remède.

» Rentrez, messieurs, dans la légalité, et tous ces dangers disparaissent, tous ces maux sont guéris; laissez les imprimeurs, libres et sans craintes, offrir leurs presses à toutes les inspirations de la pensée ; qu'ils soient en sécurité, et vous atteindrez bien plus directement au but, à ce but qui seul soit digne de vous, la punition du coupable, la protection due à la bonne foi.

» Revenant, Messieurs, aux principes généraux qui vous ont été plaidés sur l'existence et l'appréciation du délit qui fait l'objet de ce procès, permettez que je fasse ici profession de partager toutes les opinions que Me Mérilhou a soutenues devant vous ; car si nous devons, comme l'a dit le ministère public, accepter la solidarité du délit, nous pouvons, sans aucun doute, revendiquer aussi la solidarité de la défense. Oui, Messieurs, je pense comme mes confrères, comme toute la France, que le gouvernement des Bourbons est assez fort pour entendre, sans en être alarmé, évoquer des souvenirs déjà loin de nous ! Et qu'on me permette de m'appuyer ici d'une autorité qui touchera vos cœurs, de celle du feu roi Louis XVIII.

» Le jour où la mort de Napoléon fut annoncée aux Tuileries, il y avait cour nombreuse ; les figures étaient rayonnantes de joie.... Un seul homme se tenait à l'écart, et des larmes inondaient son visage ; c'était le général Rapp. Le roi l'ayant aperçu, l'invita à s'approcher. « Vous pleurez, géné-« ral ? — Ah ! sire, que votre majesté daigne excuser ma dou-« leur ; oui, je l'avoue, je pleure Napoléon ; je lui devais « tout ; tout ! jusqu'au bonheur de servir votre majesté ; car « n'est-ce pas l'empereur qui m'a fait ce que je suis ? » Le roi lui répondit en élevant la voix : « Je ne vous en estime que « plus ; si votre fidélité survit ainsi au malheur, je vois jus-« qu'à quel point j'ai droit de compter sur vous ! »

» Ainsi donc, au palais des Tuileries, en présence du roi légitime, l'expression des regrets est permise, et on l'interdirait dans les inspirations du poète

» Sans doute, un enfant qui naquit avec une couronne, et qui, bien que placé dans un haut rang de la hiérarchie sociale, paraît cependant déchu, et se trouve le jouet d'une si bisarre destinée, cet enfant peut inspirer quelqu'intérêt; mais de l'enthousiasme... jamais! Nous avons été quelquefois chercher des reines en Autriche, voire même des impératrices, mais je ne sache pas que nous y ayons jamais choisi des souverains!

» Si l'auguste famille des Bourbons venait à s'éteindre, ce qu'à Dieu ne plaise! il resterait encore en France assez d'illustres races pour que nous n'ayons pas à craindre de subir l'humiliation d'un sceptre étranger. Il n'existe plus pour nous de roi de Rome, de prince impérial; nous ne connaissons aujourd'hui que le fils de l'étrangère, l'élève de Metternich... Qu'on ne craigne donc ni l'Autriche, ni le duc de Reichstadt; son nom n'a plus ni talisman, ni magie!

» L'Homme, *lui-même*, réapparaîtrait aujourd'hui au milieu de nous, agitant d'une main ce *lambeau*....., et de l'autre ces croix et ces couronnes qu'il prodiguait à nos soldats... quelques vieilles âmes guerrières tressailliraient peut-être encore... mais leur impuissance attesterait la faiblesse de leur cause; notre jeune nation, accoutumée aux bienfaits du gouvernement constitutionnel, se lèverait en masse pour refouler dans la tombe cette étrange apparition! Ce n'est plus aujourd'hui qu'on pourrait confondre le génie de la gloire avec le génie de la liberté!!! »

Me Vulpian prend la parole pour MM. Dénain et Levavasseur.

» Messieurs, dit-il, quand les libraires présens à votre barre sont venus me confier le soin de leur défense, j'ai regardé ce mandat comme un excès de précaution; heureux de me taire, heureux aussi de me trouver spectateur d'une lutte où la raison, puisant tour-à-tour dans les secrets de l'éloquence et dans les charmes de la poésie, des forces nouvelles, devait vous démontrer l'absence de tout délit, je venais ici par plaisir plutôt que par devoir, et je n'attendais plus que les paroles du ministère public, pour me convaincre tout-à-fait de l'inutilité de mon intervention dans la cause. Mes conjectures ne se sont réalisées qu'à demi; et si, tout en persistant dans ses poursuites contre M. Levavasseur, M. l'avocat du Roi a montré, à l'égard de ce prévenu, une indifférence qui prédit l'acquittement, M. Dénain, au contraire, a été l'objet de reproches particuliers auxquels il faut bien que je réponde.

» Suivant l'ordre adopté par le ministère public, je m'occupe d'abord du fait. M. Dénain, dit-on, a pris un tel nombre d'exemplaires, qu'on peut le supposer chargé de débiter toute l'édition; et cependant, dès le lendemain de la mise en vente, le jour de la saisie, il n'avait plus, à l'en croire, un seul exemplaire, tandis que ses confrères, acquéreurs de vingt, de trente exemplaires, représentaient la presque totalité. Rien de plus facile à expliquer que ces circonstances, dont on argumente contre nous, rien de plus aisé que de démontrer l'entière bonne foi de M. Dénain, à toutes les époques de cette affaire.

» Avant d'imprimer, et trompé par cette idée que M. Ambroise Dupont ayant publié les autres ouvrages de MM. Barthélémy et Méry, M. Dénain, son successeur, devait être l'éditeur du poëme nouveau, M. David avait déclaré à la Direction de la librairie qu'il imprimait *le Fils de l'Homme* pour le compte de M. Dénain. Celui-ci s'est hâté de réclamer et de faire changer la déclaration; c'était peut-être trop de timidité; mais, Messieurs, si vos décisions viennent parfois rassurer la librairie, le ministère public, par ses infatigables poursuites, lui fait un devoir des terreurs paniques, et les ordonnances et arrêts de mise en prévention ne séduisent personne, même quand ils doivent bientôt faire place à des sentences d'acquittement.

» La publication a lieu : que fait M. Dénain ? Chargé par un correspondant de Bruxelles de lui faire passer 500 exemplaires *du Fils de l'Homme*, il en achète 1080, parce qu'il sait bien qu'il en obtiendra facilement le débit; il ne s'était pas trompé. Beaucoup de libraires pensant que le successeur d'Ambroise Dupont devait nécessairement être l'éditeur d'un poëme de M. Barthélemy, se sont adressés au magasin de M. Dénain, et voilà pourquoi, au bout de 24 heures, on n'a rien trouvé chez lui, tandis qu'on a beaucoup trouvé chez les autres. Lors de la visite et de la perquisition infructueuse de M. le comissaire de police, qui forçait le libraire à déclarer le nombre des exemplaires acquis et débités, il pouvait tout cacher, il a tout dit, au risque de voir plus tard tirer contre lui des argumens de sa franchise même; c'est, ce me semble, se conduire en homme de bonne foi.

Obligé d'établir légalement la responsabilité des libraires, le ministère public s'est trouvé dans un grand embarras, parce que la loi, en déclarant l'imprimeur complice quand il agit sciemment, ne dit pas un mot du libraire. La raison de ce silence est simple; pour le libraire, il n'y a que deux positions : ou il se charge du débit d'un livre qui ne porte pas de nom d'auteur, et alors prenant la place de l'auteur même, il devient responsable des délits, si l'ouvrage en contient; ou le livre qu'on lui présente est signé par l'auteur et porte un nom d'imprimeur, et alors, comme dans l'espèce, il offre les garanties désirables. La loi n'a pas voulu forcer le libraire à lire tous les ouvrages dont il accepterait l'acquisition ou le dépôt. Avec une pareille obligation, il aurait passé sa vie à lire et n'aurait pas trouvé un moment pour vendre ; c'est-à-dire, que le commerce de la librairie aurait cessé d'exister. Une pareille pensée ne pouvait venir à l'esprit du législateur.

» Faudra-t-il répondre aux moyens que M. l'avocat du Roi a puisés dans l'ouvrage d'un jurisconsulte anglais ? Messieurs, j'exerce une profession où il faut beaucoup apprendre, et, jeune encore, je vous avoue que j'ai cru devoir commencer par étudier les lois, les auteurs et la jurisprudence de mon pays. J'ajouterai même qu'il y a huit jours j'ignorais jusqu'au nom de l'auteur étranger dont, pour la seconde fois, on invoque ici l'autorité. Heureusement, mon ignorance ne saurait être, je crois, dommageable à mes cliens. Grâces à Dieu, nous sommes en France, et je plaide devant des magistrats français. Peu m'importe donc ce que pensent les légistes, et ce que font les jurés de la Grande-Bretagne. Il serait temps peut-être d'en finir avec cette Angleterre qu'on nous a trop souvent présentée comme un modèle, et dont, sous beaucoup de rapports, la liberté ne vaut pas nos entraves. Restons chez nous : nos lois, les lumières de nos juges suffiront bien à l'appréciation de toutes les accusations et de toutes les défenses, à la répression de tous les délits.

» Messieurs, j'ai peu parlé dans cette affaire, et je m'aperçois que j'en ai déjà trop dit. Si les impressions que j'avais reçues de la lecture du poëme incriminé, et qui se sont fortifiées aux débats, ne me trompent point, vous ne reconnaîtrez ici ni délit, ni coupables ; mais si, par impossible, il arrivait, que vous crussiez devoir punir chez l'auteur des expressions qui ont mal rendu sa pensée, votre sagesse reconnaîtrait au moins que les libraires, restant dans une voie où l'on ne s'égare pas, ont satisfait à tout ce qu'exigeaient d'eux la législation, votre propre jurisprudence, et les devoirs de leur profession. »

M. Menjaud de Dammartin se lève, et déclare qu'à raison de l'heure avancée (il est 4 heures) il s'abstiendra de toute réplique; qu'il avait eu plusieurs fois le malheur de voir ses paroles mal interprètées, ses intentions méconnues, et qu'il se repose avec confiance sur la sagesse du Tribunal.

Après plus d'une heure de délibération, le Tribunal rend son jugement, dont voici le texte :

« Attendu que le poëme du *Fils de l'Homme* a non-seulement pour but, dans son ensemble, de ranimer et d'entretenir des souvenirs et des espérances coupables, mais encore qu'il contient des attaques contre la dignité royale et les droits que le Roi tient de sa naissance, notamment aux vers 11, 12, 14 et 16 de la page 10; aux vers 11 et suivans de la page 11 jusqu'à la fin de la page 12, délit prévu par l'article 2 de la loi du 25 mars 1822;

» Attendu que, de l'ensemble du même ouvrage, et notamment des vers 16 de la page 24, 7 et 8 de la page 25, 10 de la page 25; des vers 16 et suivans de la page 27 jusqu'à la page 28, et enfin du 2ᵉ vers de la page 29, où l'auteur prophétise la possibilité du succès d'une nouvelle usurpation, il résulte une provocation à changer le gouvernement et l'ordre de successibilité au trône ; laquelle provocation n'a pas été suivie d'effet, délit prévu par les articles 1 et 2 de la loi du 17 mai 1819, et 87 du Code pénal ;

» Attendu que David convient avoir imprimé ledit ouvrage ; que, s'il déclare ne pas en avoir lu le manuscrit, il convient en avoir lu les épreuves ; qu'en faisant faire le tirage après cette lecture, il a sciemment coopéré à la publication dudit ouvrage, et s'est ainsi rendu complice des délits en résultant ;

» Attendu qu'il résulte néanmoins, des explications données par lui à l'audience, des circonstances atténuantes ;

» Attendu qu'il n'est pas suffisamment établi que Levavasseur et Dénain aient agi sciemment dans la vente et la distribution dudit ouvrage ;

» Le Tribunal condamne Barthélemy à trois mois d'emprisonnement et 1,000 fr. d'amende ; David à 25 fr. d'amende, le condamne solidairement aux dépens ; déclare bonnes et valables les saisies du 5 de ce mois ; ordonne que les exemplaires saisis et tous ceux qui pourraient l'être seront détruits ; renvoie Levavasseur et Dénain des fins de la plainte »

N. B. C'est par erreur que nous avons indiqué M. Try comme faisant partie des juges composant le tribunal.

Des mêmes Auteurs :

SATYRES.

SIDIENNES.
ÉPITRE A M. DE VILLÈLE.
ÉPITRE AU GRAND TURC.
LES JÉSUITES.
LA PÉRONNÉIDE.
UNE SOIRÉE CHEZ PEYRONNET.
LE CONGRÈS DES MINISTRES.
LA CENSURE.
ADIEUX AUX MINISTRES.

POÈMES.

LA VILLÉLIADE.
ROME A PARIS.
LA CORBIÉRÉIDE.
LA BACRIADE.
NAPOLÉON EN ÉGYPTE.

. . . .

MARSEILLE, Ode.

Pour paraître incessamment : ÉPITRE A M. DE BELLEYME.

Pour paraître en octobre prochain : DOUZE JOURNÉES DE LA RÉVOLUTION.

www.ingramcontent.com/pod-product-compliance
Ingram Content Group UK Ltd.
Pitfield, Milton Keynes, MK11 3LW, UK
UKHW031934260826
14628UKWH00004B/1627

9 782014 468540